arthur
e a vingança de Maltazard

LUC BESSON

e a vingança de Maltazard

Baseado na idéia original de
CÉLINE GARCIA

Tradução
RENÉE EVE LEVIÉ

Martins Fontes

O original desta obra foi publicado com o título
ARTHUR ET LA VENGEANCE DE MALTAZARD.
© 2004, INTERVISTA
All rights reserved
*Illustration Patrice Garcia. Tous droits réservés. D'après un univers de Patrice Garcia.
Création des décors et des personnages: Patrice Garcia, Philippe Rouchier, Georges
Bouchelaghem, Nicolas Fructus.*
© 2007, Livraria Martins Fontes Editora Ltda.,
São Paulo, para a presente edição.

Tradução
Renée Eve Levié

Preparação
Eliane Santoro

Revisão
*Adriana Cerello
Regina L. S. Teixeira*

Produção gráfica
Demétrio Zanin

**Dados Internacionais de Catalogação na Publicação (CIP)
(Câmara Brasileira do Livro, SP, Brasil)**

Besson, Luc
 Arthur e a vingança de Maltazard / Luc Besson segundo
uma idéia original de Céline Garcia ; tradução Renée Eve
Levié ; [ilustração Patrice Garcia]. — São Paulo : Martins, 2007.

Título original: Arthur et la vengeance de Maltazard.
ISBN 978-85-99102-38-1

1. Literatura infanto-juvenil I. Garcia, Céline. II. Título.

06-5979   CDD-028.5

Índices para catálogo sistemático:
1. Literatura infanto-juvenil   028.5
2. Literatura juvenil   028.5

Todos os direitos desta edição para o Brasil reservados à
Livraria Martins Fontes Editora Ltda. *para o selo* **Martins.**
*Rua Prof. Laerte Ramos de Carvalho, 163
01325-030 São Paulo SP Brasil
Tel. (11) 3116.0000 Fax (11) 3115.1072
info@martinseditora.com.br
www.martinseditora.com.br*

volume 3

capítulo 1

Ufa! Finalmente um vento ligeiro girava o cata-vento! Ele já não agüentava mais aquele imobilismo, aquele silêncio pesado. A máquina começou a guinchar e a chiar por todos os lados, como uma velha porta fechada há muito tempo, e as pás giraram suavemente no ar quente. Elas pareciam uma colher remexendo um purê muito grosso. Preguiçosos demais para lutar contra aquele ar tão pesado, muitos pássaros haviam decidido passar o dia fazendo a sesta, mas o guincho destoado do cata-vento era exatamente o sinal que esperavam. As andorinhas, menos preguiçosas e muito mais brincalhonas do que seus colegas, foram as primeiras que se arremessaram em cima dos fios dos postes de luz. Primeiro elas mergulharam na direção do chão para adquirir velocidade, depois se apoiaram em cima de um ar tão espesso como uma calda de marshmallow e corrigiram a trajetória rente ao solo. Todos aguardavam aquele sinal. "Se as andorinhas conseguem se manter no ar, nós também conseguiremos", pensaram os pintarroxos, os coleópteros e outros insetos voadores. E todo aquele mundinho começou a se agitar e a pular de galho em galho para juntar-se ao trânsito.

Com seu magnífico vestido de listas, a abelha também decidira voltar para o trabalho e sobrevoava o jardim à procura de uma flor da qual ainda não tivesse colhido o néctar. Não era uma tarefa fácil. O verão estava terminando, o mês de setembro já começara, e não restava quase nenhuma flor intocada. Mas a abelha era uma operária trabalhadora. Ela percorreu o jardim metodicamente e passou em revista as margaridas, as papoulas dos campos e as outras flores selvagens.

Como a colheita não prometia ser muito boa, e ela não podia voltar para a colméia com as mandíbulas vazias, nossa abelha resolveu ir até a casa. Ela fora avisada mais de cem vezes que ali era uma zona perigosa, e que era melhor evitá-la, mas uma abelha sempre se arrisca quando sua honra está em jogo. Ela aproximou-se timidamente daquela casa, como se fosse um templo maldito. A abelha nem desconfiava que, na sua essência, aquela fazendola era um templo do amor e do bem-estar, da alegria e do bom humor. Afinal, era a casa de Arthur.

A grande varanda de madeira havia sido pintada de azul-claro, tão claro que ninguém ficaria espantado se uma nuvem viesse pousar nele. O resto da casa recebera uma mão de tinta branca um pouco mais brilhante. Era mais chique.

Nossa abelha entrou pela varanda coberta que acompanhava a fachada da casa. Ali, o ar estava mais fresco, e um leve cheiro de tinta recém-aplicada tornava a atmosfera ainda mais agradável. A abelhinha estava encantada. Enquanto se deixava levar por aquele vento fresco que a conduzia suavemente ao longo da casa, ela sobrevoou um monte muito peludo sem rabo nem cabeça. Porém, quando a abelha passou por cima dele, o peludo espichou uma orelha e abanou o rabo para cumprimentá-la com um bom-dia e ao mesmo tempo dar um sentido ao seu monte de pêlos. O peludo abriu um olho e viu a abelha passar por cima dele. Um olho vidrado, preguiçoso, com uma ponta de malícia envolta em uma bela camada de tolices. Não havia nenhuma dúvida: era Alfredo, o cachorro de Arthur. O cão soltou um grande suspiro e readormeceu imediatamente. Ele ficava cansado até quando se falava dele.

Nossa abelha abandonou Alfredo ao seu próprio destino, que era tornar-se muito mais um capacho do que um cão de caça, e dobrou a esquina da casa. O inseto estava cada vez mais embriagado por aquele cheiro maravilhoso de tinta fresca. As paredes cintilavam como miragens no deserto, e o ar deslizava por elas como um tobogã. A abelha não entendia muito bem por que o lugar tinha uma reputação tão ruim quando tudo parecia ser feito para receber visitas. Em contrapartida, não havia uma única flor no horizonte. Mas a abelha parecia ter esquecido um pouco sua missão.

Subitamente, ela viu um tesouro! Bem ali, bem em cima da balaustrada de madeira que contornava a casa, um montículo gelatinoso, que não podia ser mais apetitoso, brilhava ao sol. Ela aproximou-se e pousou ao seu lado. Ela não conseguia acreditar no que seus olhos facetados viam: um montículo de pistilos fermentados, doces de morrer, prontos para serem transportados. Na terra dela chamavam aquilo de milagre. Na nossa, chamamos aquilo simplesmente de geléia.

Como se estivesse hipnotizada por tantas riquezas, a jovem abelha afastou as patas, ajeitou seu corpinho confortavelmente e começou a sugar a geléia melhor do que um aspirador. As bochechas incharam, o abdômen começou a contorcer-se para acomodar melhor aquele tesouro inacreditável. Em tempos normais, ela teria que colher o néctar de centenas de flores até conseguir transportar todo aquele material para a colméia. Ela, que não passava de uma simples operária, seria recebida como heroína nacional e evitaria que um povo inteiro tivesse que trabalhar durante dias a fio. Ela seria aclamada e carregada em triunfo. A própria rainha viria felicitá-la, mesmo se não gostasse muito que suas súditas saíssem da ordem dessa maneira.

"Os atos individuais são contrários ao equilíbrio do grupo", costumava afirmar essa grande rainha obcecada pelo espírito de família da qual era uma grande defensora. Mas, tonta com tanta abundância, e tanto açúcar, nossa abelha nem queria pensar nisso. A possibilidade de que também seria uma rainha um dia incentivou-a a sugar com mais força. Como alguém poderia chamar de templo maldito esse lugar, onde tudo era só beleza e abundância?

Orgulhosíssima da sua descoberta, a abelhinha começou a divagar. Ela foi invadida por uma sensação de felicidade absoluta, um sentimento que a impediu de ver a sombra gigantesca que começava a cobri-la lentamente. Uma sombra circular, perfeita demais para ser uma nuvem. Antes que a abelha percebesse, a sombra avolumou-se de repente e um copo abateu-se sobre ela com um estalido abafado e diabólico. Apavorada, ela decolou, esbarrando na parede de vidro. Impossível escapar! Mas o ar livre estava ali! Ela podia vê-lo através daquele material que a mantinha prisioneira. Ela procurou outra saída, mas sempre esbarrava em tudo. Não havia escapatória daquela armadilha que mal lhe permitia levantar vôo. Além do mais, a barriga cheia de geléia não deixava muita liberdade de manobra. Ela começou a sentir falta de ar e aos poucos seu paraíso foi se transformando em um inferno.

Ela havia sido avisada para não ir àquele lugar e agora entendia por que era considerado maléfico. Mas deviam ter-lhe dito também que o perigo não residia no lugar em si, mas naqueles que moravam ali e que, em geral, eram conhecidos como "os homens". Nossa abelhinha estava realmente sem sorte hoje. Ela esbarrara com o mais tolo de todos os homens: Francis, o pai de Arthur.

O homem observou a abelha presa dentro da armadilha do copo e soltou um grito de alegria, como se tivesse acabado de pescar uma carpa de uma tonelada. Alfredo, o cachorro, acordou sobressaltado. Um grito de Francis nunca era uma boa notícia, mesmo se fosse de felicidade. Alfredo sacudiu-se um pouco para ficar mais apresentável e saiu trotando na direção da esquina da casa. Ele viu o pai de Arthur, que gritava de alegria e dançava ao ritmo de uma música, vagamente indígena, que provavelmente deveria anunciar sua vitória. Mas os sinais não eram muito claros, e Alfredo deu outra explicação para as contorções daquele homem: segundo ele, o homem pisara em cima de um prego. Ele não tinha a menor dúvida quanto a isso, mesmo que o homem estivesse sorrindo demais para alguém que devia estar se contorcendo de dor.

— Querida! Vem cá! Vem depressa! Eu a peguei! Eu a peguei! — gritou Francis para nenhuma direção precisa.

Sua mulher apareceu do outro lado da casa. Ela se escondera ali e aguardava pacientemente a autorização do marido para sair.

Alfredo deu um ganido quando a viu. Não que a mãe de Arthur fosse horrorosa, muito pelo contrário, mas ele não a reconhecera. Aliás, a única pessoa que seria capaz de reconhecê-la naquela indumentária era seu marido. Ela parecia um espantalho vestido para o frio: um capuz de pano com uma tela de mosquiteiro na frente cobria sua cabeça para protegê-la das abelhas e de tudo o mais que voasse. Até um fio de ar teria suas dúvidas se devia passar através daquela geringonça.

Ela ajustou o capuz para poder enxergar onde pisava, o que não era muito fácil quando se estava com luvas grossas de cozinha nas mãos.

— Meus parabéns, querido! Onde? Onde? — versejou através da tela grossa, que a impedia de diferenciar um homem de um cachorro.

Foi assim que ela pisou sem querer, mas sem hesitar nem por um momento, no rabo deste último. Alfredo recomeçou a ganir feito um louco, e deu um salto para o lado.

– Ai! Desculpe, querido. Pisei no seu pé, foi? – perguntou apreensiva a pobre mulher.

– Não, não foi nada. Foi apenas o rabo do cachorro – respondeu Francis despreocupadamente, a quem a dor alheia nunca incomodava. – Olhe! Minha armadilha funcionou às mil maravilhas!

A mulher segurou o capuz e aproximou o rosto da tela. Ela viu dentro do copo a pobre abelha, que continuava se debatendo contra o vidro e começava a ficar sem forças. E sem esperança também. A mulher sentiu um pouco de pena diante do desespero daquele animalzinho preso, enfraquecido, humilhado.

– Viu? Eu a peguei! – exclamou Francis orgulhoso, com um sorriso que condizia muito bem com sua percepção das coisas.

– Estou vendo. Muito... muito bem – balbuciou a esposa.

– Mas parece que ela está sofrendo, você não acha?

O marido deu de ombros.

– Esses bichos não têm centro nervoso. Eles não sentem nada. Deve ser porque são desmiolados. Eles não conseguem diferenciar entre o que faz bem e o que faz mal.

"É o caso de se perguntar se esse aí tem um desses tais de miolos", pensou Alfredo, horrorizado com a imbecilidade daquele homem. "Como será que ele consegue ficar em pé nas duas patas traseiras?", perguntou-se o cão, que também não transbordava de inteligência.

– Você tem certeza que ela não está sofrendo? – perguntou a mulher para eliminar qualquer dúvida, com os olhos fixos na abelha deitada em cima do prato e com uma das patas presas na geléia.

— Não se preocupe. Se estiver sofrendo, não será por muito tempo. Vá buscar a bomba de inseticida.

A mulher sentiu um pequeno arrepio na espinha. Alfredo também. Aquele homem não estava brincando. Ele realmente se preparava para cometer um extermínio. Ela ia começar a defender a causa da pobre abelha, mas mudou de idéia quando seu olhar cruzou com os olhos cheios de ódio do marido, que estavam fixos no inseto. Resignada, dirigiu-se para a casa. Alfredo, por sua vez, decidiu que não podia ficar parado ali sem fazer nada. Seria indigno. A solidariedade entre os animais estava em jogo. Então, ele saiu correndo a toda velocidade e saltou por cima da balaustrada com uma elegância inesperada. De tanto vê-lo cochilar as pessoas acabavam classificando-o mais como uma marmota do que como um canguru. Seja como for, ele passou como um raio pelo jardim e mergulhou na densa floresta que dava para a propriedade.

Ele ia pedir socorro à única pessoa capaz de resolver um drama tão importante, a um homem excepcional que sabia enfrentar qualquer situação, um aventureiro que já vivera mil e uma façanhas heróicas, que era amado por todos e temido pelos outros.

Ou seja: seu dono, Arthur.

capítulo 2

Estava muito escuro no interior da tenda tradicional dos bogo-matassalais. Apenas um fio de luz escapava pelo corte horizontal feito no próprio tecido para indicar a entrada. O lugar era altíssimo. As cinco toras compridas e finas de madeira que se entrecruzavam no topo sustentavam um pano enorme feito de várias peles de animais cuidadosamente costuradas umas às outras. Claro que elas haviam sido tiradas dos animais que haviam morrido de morte natural. As peles da parte superior provinham dos companheiros mais fiéis dos bogo-matassalais, como, por exemplo, de Zabo, o zebu que protegera o clã durante mais de trinta anos. Mas hoje o clã estava longe dali, e a tenda abrigava apenas cinco guerreiros.

Todos estavam sentados em volta de uma fogueira. Eles continuavam tão belos e tão altos como sempre (eles tinham, em média, dois metros e trinta e cinco centímetros de altura). Os penteados magníficos tinham menos conchas e penas do que de costume, o que era uma tradição com a chegada do outono:

quanto mais folhas caíam das árvores, mais os matassalais diminuíam as penas e as conchas dos penteados. A perda das folhas era sempre traumática para as árvores. Para demonstrar sua solidariedade, os guerreiros também perdiam algumas penas e algumas conchas, e as árvores se sentiam menos envergonhadas.

Os cincos matassalais estenderam os braços e deram-se as mãos.

– Ei... poderiam abaixar um pouco as mãos, por favor? – sussurrou o homenzinho sentado de pernas cruzadas no chão e que era um metro e meio mais baixo do que os guerreiros. Seu rosto estava coberto de pinturas de guerra e ele usava um chapéu esquisito formado por uma grande concha e três penas. Poderia ser um homenzinho qualquer, não fossem as minúsculas sardas que transpareciam debaixo da pintura de guerra. Sardas pequeninas, reconhecíveis entre mil sardas.

– Desculpe, Arthur, estávamos distraídos – respondeu o chefe da tribo.

Os guerreiros sorriram para o menino e seguraram suas mãos para ampliar o círculo. Depois, todos inspiraram profunda e longamente, e com um mesmo sopro esvaziaram os pulmões por cima das chamas, que se alegraram. Arthur esvaziara os pulmões rápido demais. Ele teve que inspirar discretamente outra golfada de ar e soltar outro sopro. Ele precisou repetir três vezes para poder terminar ao mesmo tempo em que os grandes guerreiros. Até parecia que eles haviam engolido algumas bombas de oxigênio.

— Bem, muito bem – disse o chefe, satisfeito com este início. – Agora, o Grande Livro.

Um dos guerreiros pegou um livro de couro finamente encadernado e passou-o cuidadosamente para o chefe, que o abriu no meio.

— Hoje é o 37º dia do Calendário Selenial, e a flor do dia é a margarida, e nós vamos honrá-la.

Mais que depressa, cada um dos guerreiros, Arthur inclusive, jogou uma margarida dentro da pequena vasilha de barro que havia sido colocada em cima da fogueira. A água borbulhou, e as margaridas amoleceram. Arthur acompanhou com curiosidade a preparação daquela mistura e sentiu um enjôo no estômago. Apesar do nome bonito, a 'sopa de margaridas' não era um de seus pratos preferidos.

O chefe pegou uma concha de madeira feita à mão, encheu uma tigela com a sopa do dia e passou-a para Arthur. O menino fez uma careta, mas agradeceu baixinho.

— E agora o provérbio do dia! – anunciou o chefe e começou a ler o que estava escrito na página da direita do Grande Livro – "A natureza nos alimenta todos os dias. Um dia alimentaremos a natureza. Esta é a vontade do Grande Círculo da Vida."

Muito preocupado com o conteúdo da tigela e da frase, Arthur ficou calado. Embora não tivesse nada contra a idéia de um dia dar seu corpo à natureza, ele esperava que isso aconteceria o mais tarde possível e que aquela bela sopa de margaridas não adiantaria o processo. A sopa tinha um cheiro esquisito, e ele tinha certeza que ali havia mais do que margaridas.

– Vamos, prove a sopa – incentivou-o o chefe amavelmente.

"Por que será que ele está sendo tão gentil? E por que eles não estão tomando a sopa?", perguntou-se Arthur muito desconfiado. Mas os rostos a sua volta permaneceram impávidos, e ele não obteve nenhuma resposta.

– Ela está um pouco quente – respondeu o menino, com a mesma esperteza de sempre.

O chefe percebeu a relutância e sorriu, afetuoso. Ele entendia perfeitamente que esses rituais de grandes guerreiros impressionavam aquele homenzinho. Para dar o exemplo, o chefe tomou todo o conteúdo da sua tigela com um gole longo e lento. Os outros quatro guerreiros fizeram a mesma coisa. Sem pestanejar, nem fazer careta. Arthur fez as caretas por eles. Todos os olhares voltaram-se para ele.

Mesmo que ninguém tivesse dito uma só palavra, parecia evidente que seria considerado uma ofensa ou, pior, um insulto, se ele recusasse tomar aquela poção. E insultar um grande guerreiro matassalai certamente era a melhor maneira de acabar cortado em pedacinhos e costurado ao lado de Zabo, o zebu, que reinava por cima da cabeça de Arthur. Ele não tinha escolha. Melhor morrer com dignidade do que de vergonha. Arthur prendeu a respiração e engoliu todo o líquido de uma vez, como quando sua mãe lhe dava aquele xarope horrível formulado especialmente para enjoar as crianças e, às vezes, tratar das bronquites.

Arthur soltou uma baforada de ar tão quente que ela se transformou em uma nuvenzinha. Se aquela mistura devia custar-lhe a vida, a poção parecia estar com algum defeito, porque por enquanto Arthur não sentia nada diferente exceto o calor que se espalhava pelo corpo.

– Então? Você acha que tem gosto de quê? – perguntou o chefe, sempre com o mesmo sorrisinho amigável.

– Parece... parece... tem um gostinho de... margarida?

Os guerreiros caíram na gargalhada quando ouviram aquela resposta tão simples e honesta.

– Isso mesmo! Isso é o que eu chamo de uma análise excelente! – aplaudiu o chefe.

Foi a vez de Arthur sorrir. A ingenuidade do chefe era realmente muito divertida.

– A verdade sai pela boca das crianças – acrescentou o matassalai, como se estivesse lendo outro provérbio.

Mas Arthur sabia muito bem que aquele ditado não era um provérbio dos matassalais.

Os guerreiros estavam de bom humor, e não demoraria muito para que tivessem um acesso de riso coletivo.

– Quais são as propriedades dessa sopa? – perguntou Arthur, sempre muito curioso.

– Nenhuma! – respondeu o chefe, o que provocou o riso geral que todos pareciam estar esperando. – É só uma tradição. Nós apenas seguimos o que está escrito no livro – conseguiu dizer o chefe entre duas risadas.

– O livro... de cozinha! – acrescentou um dos guerreiros, explodindo em uma risada contagiosa.

Arthur olhou para os guerreiros, que riam sem parar e se contorciam como se fossem crianças assistindo a um teatro de bonecos.

Será que a margarida tinha propriedades que ainda eram desconhecidas e provocavam a euforia? Será que quando se derretia ela liberava um gás do riso, ou um sopro de alegria, capaz de transformar aqueles grandes guerreiros em bonecos hilários?

– Que engraçado... o nome da minha avó também é Margarida – comentou Arthur, o que provocou outra risada geral.

Mas como não rir ao imaginar sua vovozinha fervendo no fundo de uma panela?

Esse foi o momento exato que Alfredo escolheu para enfiar a cabeça pela abertura da tenda e soltar um forte latido.

– Você também quer um pouco de sopa? – gritou um dos guerreiros, o que bastou para que todos recomeçassem a se contorcer em outro acesso de riso.

Eles seguravam as barrigas, que doíam de tanto rir. Até Arthur começava a ser contagiado por aquele riso incontido e avassalador. Mas Alfredo não fora até ali para achar graça. Agora que a vida de Arthur não corria mais perigo, chegara a hora de se ocupar com aqueles que corriam o risco de perder a sua. Alfredo latiu várias vezes e começou a puxar Arthur pela manga da camiseta.

– Espera, Alfredo! Espera dois minutos que a sopa está esquentando – disse Arthur, rindo sem parar.

Os guerreiros se dobravam de tanto rir, sem poder fazer outra coisa.

Alfredo ficou aborrecido. Ele saiu da tenda e continuou latindo do lado de fora. Talvez seu dono entendesse a mensagem dessa forma.

E Arthur entendeu. O cachorro não parava de dar voltas em torno dele mesmo como um pião, de franzir as sobrancelhas e abaixar as orelhas.

Não havia a menor dúvida: algo acontecera em casa.

Arthur levantou-se com um pulo e foi até a saída.

– Ei! Arthur! Aonde você vai? – perguntou o chefe, sem parar de rir.

Mas Arthur já estava longe demais para responder. Ele estava até longe demais para ouvir a pergunta.

– Ele foi colher margaridas! – respondeu um dos guerreiros no meio de uma gargalhada, e o grupo inteiro caiu em uma histeria coletiva.

Eles riam como se acreditassem que tudo na vida são flores.

capítulo 3

Arthur pegou sua patinete de madeira, que deixara encostada a uma árvore na entrada da floresta.

Alfredo não parava de latir e de rodopiar como uma mosca em volta do dono.

– Está bem! Já entendi! – reclamou Arthur irritado, subindo no veículo.

Ele deu alguns empurrões violentos com o pé para ganhar impulso e desceu velozmente pela estradinha que serpenteava até a casa. Arthur conhecia muito bem seu possante e fazia as curvas sem frear. Ele queria ir o mais rápido possível para não ter que caminhar no final da linha reta que subia até o portão. Última curva. Arthur abaixou-se para diminuir o atrito da contracorrente do vento, e Alfredo deixou a língua pender ainda mais, o que não tinha nenhum efeito sobre sua aerodinâmica. Quando chegaram ao final da estrada em linha reta, ele recuperou o atraso e passou pelo portão antes de Arthur para guiá-lo até o local do drama.

Deitada de costas, com as patinhas levantadas arranhando um teto invisível, a abelha agonizante continuava no fundo do copo. Arthur não conseguiu acreditar no que seus olhos viam. Quem teria sido capaz de tamanha crueldade? Ele olhou ao redor. Claro que o culpado desaparecera. Mas todos sabem que o assassino sempre volta ao local do crime. Arthur resolveu esperá-lo. Ele esperaria cem anos se fosse necessário. Enquanto isso, ele precisava salvar a abelha.

Ele levantou um pouco o copo, bem devagar. O ar fresco penetrou imediatamente, mas a abelha quase não reagiu. Ela já estava a caminho do seu paraíso açucarado. Arthur sabia de cor e salteado o que precisava fazer para salvá-la. No ano passado, seu pai mandara-o fazer um curso de escoteiro e ele aprendera a salvar pessoas durante as aulas de primeiros socorros. Mas a abelha era realmente muito pequena, e não seria fácil aplicar a respiração boca a boca. Ele começou a soprar delicadamente em cima dela. As asinhas estremeceram ligeiramente sob o efeito daquela leve brisa, mas nada parecia conseguir despertar a abelhinha de seu estado letárgico. Arthur estava perplexo. Quem sabe não seria melhor soltar as patas grudadas na geléia e ajudá-la a virar-se de barriga para baixo?

Enquanto isso, seu pai estava com as quatro patas pousadas no chão – das quais apenas duas estavam visíveis – e o resto do corpo praticamente enfiado dentro do armário que ficava debaixo da pia da cozinha. Depois de jogar fora tudo o que podia ser jogado fora, Francis ressurgiu brandindo vitoriosamente uma lata de inseticida.

– Ah! Eu sabia que ainda tinha uma! – disse para a mulher, que não pareceu tão encantada com a notícia.

– Eu não tinha visto – respondeu mentindo, nem conseguindo disfarçar um mal-estar.

Apesar de não ser nenhuma inteligência brilhante, o marido percebeu a hesitação dela. Ele se levantou, segurou-a delicadamente pelo ombro com uma das mãos e perguntou:

– Querida, será que preciso lembrar a você que é do interesse de todos, principalmente de Arthur?

A mulher concordou sem muita convicção. O marido prosseguiu como se quisesse martelar o prego mais fundo:

– Lembra o que o médico disse?

Ela concordou novamente, mas Francis não parou ali, o que fez a mulher arrepiar-se toda.

– Ele deixou bem claro que qualquer picada de abelha poderia ser fatal para Arthur. Você quer que eu deixe esses bichos voando em volta da casa, e corrermos o risco de que nosso menino seja picado quando estivermos brincando de esconde-esconde com ele? Você quer ver uma risada de criança se transformar num grito de dor?

O pai vencera. Sua mulher não conseguia parar de chorar.

– Meu Arthurzinho, eu o amo tanto! – soluçou.

Francis abraçou-a pelos ombros para tranqüilizá-la.

– Então, não temos outra escolha: é ela ou ele!

* * *

Arthur encontrara o pedacinho de madeira que procurava para tentar descolar as patas da abelha. Ele ficou concentrado como um cirurgião e começou a descolar as patinhas que estavam presas na geléia, uma por uma, com a precisão de um campeão mundial de pega-varetas. A abelha, meio consciente e meio asfixiada, colocou seu ferrão para fora como sempre fazia quando estava sendo atacada. A ponta carregada de veneno balançou lentamente de um lado para o outro à procura do inimigo. Se ela ao menos soubesse que aquele dedinho que passava tantas vezes a seu lado pertencia à mão que tentava salvá-la... E será que Arthur sabia que ele colocava sua vida em perigo cada vez que a soltava um pouco mais?

Claro que sabia. O médico lhe fizera um sermão de quase uma hora a respeito e até chegara a proibi-lo de sair de casa. Era o mesmo que proibir uma cigarra de cantar durante o verão. Arthur tinha a natureza no sangue e os animais no coração. Ele só estava feliz quando seus pulmões se enchiam de ar puro. De qualquer forma, ele não entendia nada dessa alergia e, no fundo, tinha quase certeza de que o velho médico errara de diagnóstico. Ou que trocara as fichas de dois pacientes sem querer. Por exemplo, que no lugar da sua ficha pegara a de Bobby Passapêlo, colega seu de escola, que era tão gordo como um marshmallow, tão branco como um marshmallow e tão mole como um marshmallow. A descrição era exagerada, mas ele só comia marshmallows! A não ser para ir à escola, Bobby nunca saía de casa. Ele tinha medo de tudo, principalmente medo de sentir medo. Se ele via uma abelha, começava a gemer como se o inseto o tivesse picado. Segundo Bobby, ele era apenas ultra-sensível; de acordo com os outros, Bobby Passapêlo não passava de um covarde tão covarde como um piolho. O que não era o caso de Arthur, que conseguira soltar a última patinha da abelha. Os animais são conhecidos por seu instinto, e o instinto daquele pequeno inseto devia estar a todo vapor. Mil vezes a abelha poderia tê-lo picado, mas mil vezes uma força, como uma onda, havia impedido que ela agisse. Ela devia achar que aquele rapazinho esquisito era incapaz de fazer mal a uma mosca e, por conseguinte, a uma abelha.

Um arrepio percorreu seu corpinho como se quisesse despertar todos os pequenos músculos havia tanto tempo asfixiados. Ela bateu um pouco as asas e constatou com alegria que o material continuava funcionando perfeitamente.

— Lamento muito tudo o que aconteceu e tomarei cuidado para que não se repita nunca mais — sentiu-se obrigado a dizer Arthur, como se tivesse de pedir desculpas pelo pai.

A abelha olhou para ele um momento e acelerou. Ela teve alguma dificuldade para decolar, provavelmente por causa da tonelada de geléia que levava de estoque. Depois ela fez uma curva, passou rente pelo nariz de Arthur e ganhou velocidade rapidamente. Arthur acompanhou-a com os olhos até que ela desapareceu na floresta.

— Mas não é possível! — repetiu o pai pela vigésima vez revirando o copo em todos os sentidos.

Para ele, uma abelha que conseguia escapar de um copo era a mesma coisa que um coelho que sai de uma cartola: só podia ser um truque de mágica.

— Tudo está bem quando acaba bem — cantarolou sua mulher alegremente, sorrindo de orelha a orelha. — Arthur não foi picado e aquele bichinho horroroso foi embora — acrescentou, enquanto tentava recolocar a tampa na lata de inseticida.

Mas o marido não estava nem um pouco satisfeito. Ele não gostava de abelhas, não gostava de truques mágicos e, principalmente, não gostava que interferissem em seus planos. Ele olhou para a mulher, que continuava lutando com a tampa da lata de inseticida, franziu as sobrancelhas e afirmou em um ataque repentino de amor-próprio tipicamente masculino:

— Eu não errarei na próxima vez que ela tiver a audácia de vir aqui!

Até parecia que a abelha só estava esperando que ele pronunciasse aquelas palavras para voltar e atacá-lo. Com toda a força e com o ferrão apontado para frente. Ela estava voando a quase cem quilômetros por hora. Seu objetivo: aquele lindo traseiro maravilhosamente saliente. Igual a uma fruta bem madura. Era impossível não acertá-lo, ele estava bem na mira. Armar! Atacar e acertar! Bem no meio daquele traseiro! O homem soltou um grito inumano agudo, como se tivesse pisado em um prego. Então Francis se agarrou aos cabelos da mulher, que também começou a gritar como se quisesse compartilhar a dor do marido. O único problema era que, quando ela começava a gritar, ela ficava toda tensa e se agarrava à primeira coisa que estava na frente. Neste caso específico, ela se agarrou à lata de inseticida. A mão apertou o botão do spray, e um jato indescritível espalhou-se pelo ar. Parecia o espirro de um elefante. Como se não bastasse ter sido picado no traseiro pelo ferrão da abelha, Francis recebeu o jato do inseticida bem no meio da cara. A dor foi tão forte que ele nem conseguiu dar outro grito. Sua mulher também não. Ela estava em estado de choque por causa da catástrofe que acabara de provocar. O silêncio foi geral. Um silêncio como aquele que acontece entre um raio e um trovão. O único som que se ouvia era o crepitar dos pêlos do bigode de Francis, que ardiam por causa daquele produto ultrapoderoso.

Foi quando o pai de Arthur gritou pela segunda vez, um grito de origem desconhecida, quase sobrenatural, tão agudo que nem um violino seria capaz de imitá-lo. O grito foi tão poderoso que três dos bobes presos nos cabelos da mulher, que estava muito próxima da onda de choque, se soltaram. Claro que o grito estava carregado de partículas do inseticida, as quais, por sua vez, atingiram a mulher em cheio no rosto, e os dois cílios postiços caíram de susto. Não há cola que resista a um calor desses.

Depois, o grito foi se afastando aos poucos, saltitando e ecoando de uma colina a outra, e quase todos os alarmes das casas começaram a tocar ao mesmo tempo na sua passagem.

* * *

– Quanto tempo vou ter que ficar com essa compressa ridícula? – perguntou Francis, com a mesma impaciência de sempre.

Não deixava de ser engraçado constatar que aquele homem de quase quarenta anos ainda não entendera que era exatamente sua impaciência que sempre o levava a cometer besteiras.

– Mais dez minutos. É o que diz na bula – respondeu a mulher, recolocando a caixa com o remédio em cima da mesa e pegando o pequeno vidro de esmalte para unhas.

Deitado em cima do sofá, os olhos cobertos por uma toalha úmida, o pai de Arthur gesticulava como uma criança que não consegue adormecer.

– Aquela abelha não escapou sozinha, ela deve ter tido ajuda de cúmplices de fora – resmungou o ferido.

– Ora, você sabe que esses bichinhos são bem inteligentes. E às vezes até muito fortes – comentou a mãe de Arthur, enquanto espalhava delicadamente o esmalte cor-de-rosa em cima da ponta dos dedos abertos em leque.

– Você também diz cada coisa! Você alguma vez já viu uma abelha arregaçar as mangas, levantar um copo com seus braços musculosos e escapar? – revidou o pai de Arthur, que fervilhava de raiva debaixo da compressa.

A boa mulher deu de ombros. Como é que ela podia saber? Hoje em dia acontece cada coisa... Outro dia ela vira uma píton engolir uma cabra na televisão.

– Uma coisa não tem nada a ver com a outra – resmungou o pai muito irritado, tão irritado que a compressa começou a soltar fumaça. – Uma píton comer uma cabra é normal. O que não seria normal é se a cabra engolisse uma píton!

A mulher parou de pintar as unhas para refletir. Por mais que tentasse, ela realmente não conseguia se lembrar de ter visto na televisão algo parecido. Mas o homem fazia novas descobertas todos os dias, e ela tinha certeza de que um cineasta conseguiria filmar um evento desses algum dia. Ela olhou para as unhas pintadas e moveu os dedos para ver o esmalte brilhar na luz. Satisfeita com o resultado, ela ia começar a pintar as unhas da mão direita quando viu uma formiga que começava a subir pelo lado norte de sua saia florida. É verdade que o motivo de flores do tecido estava muito bem pintado, mas daí que a formiga confundisse aquela senhora com um campo coberto de papoulas... Tudo tem um limite, e a mãe de Arthur faria com que fosse respeitado.

– Anda, sai daqui! Volta para o jardim! – sussurrou, ameaçando a formiga com a ponta do pincel.

Ela sussurrava porque, se o marido soubesse que havia um animal na casa, por menor que fosse, ele esvaziaria outra lata de inseticida em cima dele. A formiga não entendeu nada, pois estava muito ocupada tentando saber como todas aquelas papoulas haviam acabado tão achatadas em cima do tecido.

– Cuidado, vou ser obrigada a me defender – insistiu a mãe de Arthur, sempre em voz baixa.

Como a formiga teimava em não obedecer, a mulher expulsou-a com um golpe de pincel. O bichinho foi atingido por uma gota de esmalte cor-de-rosa, o que, na sua escala, correspondia a um balde cheio de um creme asqueroso. O ataque pegou-a de surpresa, e ela se afobou toda. Coberta por aquela enorme gota cor-de-rosa que grudava em seu corpo, ela começou a descer pela saia a toda velocidade.

Satisfeita, a mãe de Arthur acompanhou a fuga da formiga para se certificar de que ela realmente ia para o jardim. De repente, porém, a formiga mudou de rumo e partiu na direção oposta. Intrigada, a mulher levantou-se e seguiu-a discretamente, isto é, com passos tão leves como um elefante indo atrás de um camundongo. A formiga aproximou-se da escada e subiu pela parede até chegar a uma pequena cornija, um rolinho de madeira que contornava todo o aposento como elemento de decoração. No entanto, tudo indicava que era um caminho usado por muitas formiguinhas, porque centenas delas se cruzavam ali. Devia ser a hora do *rush*. A mãe de Arthur não soube o que pensar daquilo. Ela seguiu lentamente com os olhos aquela estradinha para tentar descobrir de onde vinha toda aquela multidão.

– De qualquer forma, os animais não pensam, não é mesmo? – continuava resmungando o pai de Arthur, que não conseguia ficar quieto no sofá. – E o telefone? E a televisão? Quem inventou tudo isso? A abelha? O mosquito? – perguntou, inflando o peito como se quisesse provar que ele também pertencia à raça dos inventores.

A mulher continuava caminhando ao longo da parede sem desviar os olhos daquelas formigas, que seguiam apressadas, mais apressadas do que os humanos quando iam para o trabalho. Para seu espanto, ela constatou que o caminho que terminava no canto da parede continuava por uma ponte suspensa estendida até o outro lado. A obra havia sido construída com minúsculos pedaços de madeira, nervuras de folhas trançadas e finas lâminas de bambu cuidadosamente alinhadas e amarradas umas às outras. Ela ficou boquiaberta: a obra era magnífica. Ela jamais poderia imaginar que seres tão minúsculos possuíssem um talento tão grande.

– E as catedrais? E os viadutos? As formigas, talvez? – prosseguia sem parar o pai de Arthur, que continuava cego por causa da compressa e pelas besteiras que dizia.

A mulher continuou olhando para aquela ponte incrível em miniatura, e ao mesmo tempo gigantesca, que não ficava nada a dever para as maiores pontes do mundo.

– É engraçado você falar nisso agora, porque as formigas construíram uma ponte bem aqui, e eu estava justamente me perguntando como elas conseguiram fazer isso sem que a gente o percebesse – respondeu calmamente a mãe de Arthur, nem um pouco incomodada com a barbaridade que acabara de dizer.

O pai de Arthur suspirou debaixo do pano úmido.

– Elas devem ter pedido ajuda ao Departamento de Projetos das Formigas, que entrou em contato com as formigas arquitetas. Sabe, escola de arquitetura para formigas é o que não falta. Depois, o Parlamento das Formigas votou o orçamento e o Banco das Formigas liberou os fundos para a construção da ponte – respondeu o pai com humor ao humor da esposa.

Mas ele esquecera que sua mulher não tinha nenhum senso de humor. Nunca tivera.

– É mesmo? Mas isso é incrível! – respondeu ela, muito ingênua. – Eu jamais poderia imaginar que as formigas tivessem departamentos tão parecidos com os nossos.

O pai fumegava debaixo da compressa como um bife que se joga de repente dentro do óleo quente de uma frigideira.

– Mas como é que você quer que as formigas fabriquem uma ponte? – bramiu o pai de Arthur. – Uma formiga não pesa mais do que dois gramas! Nem existe uma balança para pesar seu cérebro! Por que não pensa antes de abrir a boca?

Uma esposa sempre acredita no que o marido diz, principalmente quando ele grita.

– Mas a ponte está aqui, querido. Bem na frente dos meus olhos. E, considerando a quantidade de formigas que passam por cima dela, ela certamente não foi construída da noite para o dia.

O pai de Arthur soltou outro longo suspiro, que não deixava dúvidas quanto a sua irritação.

– Então, ficamos assim: nesta casa há uma ponte pênsil em miniatura. E por que não haveria? E as formigas passam por ela. E daí? Melhor para elas! – conseguiu dizer com uma calma relativa, mas logo depois começou a berrar, quase sufocando debaixo da compressa: – Mas é ri–go–ro–sa–men–te–

impossível–que–as–formigas–tenham–fabricado–essa–maldita–ponte! Está claro agora?

A mulher não discutiu. Como todos sabem, um homem zangado não tem ouvidos.

– Está bem, então não foram as formigas – concordou.

Satisfeito que a lucidez da mulher voltara a seu estado normal, o marido relaxou um pouco no sofá.

– Mas, se não foram as formigas, quem foi? – perguntou ela, para surpresa geral.

Não ia demorar para Francis explodir de uma vez por todas.

capítulo 4

O culpado de tudo isso era Arthur. Ele estava sentado atrás da escrivaninha do avô segurando uma lupa em uma das mãos e uma pinça de sobrancelhas na outra. Diante dele havia um canudo cuidadosamente cortado ao meio, no qual Arthur prendera uma dezena de rodas de cada lado. As rodas eram feitas de pequenas pérolas de fantasia montadas em cima de alfinetes que serviam de eixos. Na frente do canudo havia um minúsculo sistema de tração que permitia que várias pessoas puxassem aquele componente ao mesmo tempo. Em resumo: Arthur estava construindo um caminhão-pipa em miniatura. Os patrocinadores daquele empreendimento estavam reunidos na frente da obra. Eles estavam fascinados com a montagem que acontecia diante de seus olhos, ou melhor, de suas antenas, pois se tratava de uma delegação de cinco formigas. Arthur pegou a última pérola com a pinça, aplicou uma minigota de cola e, com a ajuda da lupa, fixou a última roda no caminhão-pipa. Depois colocou a lupa em cima da escrivaninha e com admiração olhou para sua obra.

– Pronto, terminei – avisou simplesmente.

Encantadas, as formigas começaram a aplaudir com força com as quatro patas dianteiras. Infelizmente, Arthur só conseguia adivinhar os aplausos, mas não ouvi-los.

– Obrigado, obrigado, não precisam me agradecer – respondeu humildemente. – Vamos, subam a bordo. Vou acompanhá-las até em casa.

Não foi preciso dizer duas vezes. Animadíssimas com o novo caminhão-pipa, as formigas entraram imediatamente no canudo.

O sótão do avô de Arthur não mudara muito. Todos os objetos de arte que haviam sido vendidos para aquele antiquário horroroso, na época em que Arthur conheceu os minimoys, estavam novamente em seus devidos lugares.

O tempo que passara desde aquela aventura infeliz encarregara-se de repor a poeira no mesmo nível de sempre.

O avô não gostava que tocassem naquela bagunça alegre e organizada. Uma galinha não teria encontrado seu ovo, mas Arquibaldo encontraria qualquer coisa ali, até uma galinha.

Ele sabia exatamente onde arrumara – mal – cada objeto, e a menor perturbação naquela desorganização faria com que perdesse o controle de sua bagunça.

No entanto, ele fizera uma exceção por causa dos serviços que Arthur prestara à nação e concordara que o neto instalasse uma parte do trem elétrico ali, uma honra que havia deixado o garoto louco de felicidade. Arthur tivera o cuidado de manter tudo no mesmo lugar e acompanhar escrupulosamente a topografia do escritório. Os trilhos passavam entre duas malas enormes, ondulavam pelo vale dos livros e se enfiavam pela coleção de estátuas africanas que pareciam assistir à passagem dos trens com um olhar bovino. O que nem por isso transformava-as em vacas.

Com delicadeza, Arthur colocou o pedaço de canudo em cima do vagão de carga, o último elemento que ele acrescentara especialmente para aquela ocasião.

– É melhor que eu vá com vocês. As estradas não estão seguras neste momento – disse para o pequeno grupo de formigas que aguardava paciente na plataforma de embarque.

As formigas entenderam o sinal e saíram correndo para os vagões para sentar nos melhores lugares. O vagão da primeira classe era um luxo só, e não era sempre que as formigas podiam viajar em tão boas condições.

O avô dera o trem com todos os acessórios para Arthur logo depois que haviam voltado da aventura anterior. Quando o menino abriu o presente, ele não parou de dar gritos de felicidade durante quase uma semana inteira. Ele praticamente não dormiu nem comeu de tão ocupado com a construção da rede ferroviária que ligava seu quarto ao escritório do avô.

Para evitar possíveis colisões entre trens e pais, Arquibaldo lhe dera uma ajudinha na hora de programar os trens, as passagens de nível e as paradas. Não é preciso dizer que Arquibaldo teve que discutir muito com Francis até o genro finalmente concordar e permitir que o trem ficasse dentro de casa. A regra geral era que tudo o que fugia à rotina o incomodava. Francis era o Rei do Imobilismo e considerava uma falta de sorte ter um filho incapaz de ficar quieto a um canto.

Arthur deitou-se no chão de barriga para baixo e deu uma olhada nos vagões. Todas as formigas estavam sentadas, mas se agitavam como crianças que aguardam o início de uma apresentação de teatro de bonecos.

O menino colocou as mãos em concha em volta da boca para imitar o som de um alto-falante e anunciou:

– Trem especial saindo para a última estação! Partindo da plataforma Número Um!

Ele foi até o transformador, girou bem devagar a pequena alavanca que comandava a velocidade, e o trem começou a avançar lentamente em meio aos gritos de alegria das formigas. Arthur aumentou a velocidade, o trem acelerou e enfiou-se no desfiladeiro formado pelas duas malas. As formigas olhavam pelas janelas com as antenas ao vento, cantando canções desconhecidas do nosso repertório. Arthur também estava muito animado. Era a primeira vez que ele transportava passageiros! O trem serpenteou pelo Vale dos Livros, e as formigas ficaram embasbacadas quando viram passar aquelas montanhas de conhecimento na frente das suas antenas. O trem desapareceu por alguns segundos no fundo do vale e reapareceu. Arthur virou a agulha de posição, e a locomotiva mudou de trilho. Agora, ela se dirigia em linha reta para a porta que havia sido cortada na base para permitir a passagem de um trem. Arthur levantou uma das mãos e saudou a delegação que desfilava na sua frente.

– Até logo! Até breve! – gritou feliz para todas as formigas que se debruçavam nas janelas para despedir-se dele.

Algumas até agitaram pequenos pedaços de papel, como se fossem lenços.

O trem aproximou-se da porta e se preparava para passar por debaixo dela, quando uma sombra surgiu de repente. Uma sombra que saíra diretamente de um pesadelo. O sorriso de Arthur congelou. Ele percebeu que uma catástrofe estava prestes a acontecer e imaginou a colisão, o descarrilamento. A porta abriu-se e por pouco não bateu no trem que Arthur tivera a presença de espírito de parar no momento exato. A freagem súbita pegou as formigas de surpresa, e elas foram jogadas para frente em meio a uma confusão indescritível mas, principalmente, barulhenta. Tão barulhenta que a mãe de Arthur aprumou os ouvidos.

– Arthur! Você vai acabar causando um acidente com esse trem! – reclamou a mãe, sem saber onde pôr os pés.

– Foi você que quase fez o trem descarrilar – defendeu-se o filho. – Você entrou de repente, sem avisar! Nem bateu na porta! Quando papai vê uma passagem de nível, ele pára e olha se vem um trem, não pára?

– Bem... pára – concordou baixinho sua mãe.

– Bem, aqui é a mesma coisa! Você precisa prestar atenção! Um trem pode esconder outro trem atrás dele! – acrescentou Arthur.

A mãe olhou para aquele chefinho da estação, todo coberto de pinturas de guerra africanas, e perguntou-se que mal fizera ao bom Deus para merecer um filho como ele.

– Eu acho que seu pai tem razão. Esse trem está virando sua cabeça! Estou avisando, Arthur: você está proibido de levá-lo para casa! – preveniu a mãe com firmeza.

– Eu não ia levá-lo mesmo. O apartamento é muito pequeno. Além disso, ele é mais útil aqui – respondeu Arthur.

A mãe ficou um pouco surpresa.

– O que você quer dizer com mais útil?

Arthur falara sem pensar. Ele precisava encontrar rápido uma resposta se não quisesse levar uma surra.

– Mais útil porque... vovô vai poder brincar com ele. Ele adora brincar com trens elétricos. Sabe, ele não tinha um quando era pequeno.

Os argumentos do filho não haviam convencido a mãe completamente. Ela olhou para o trem parado aos seus pés e viu três formigas afobadas que tentavam voltar para o vagão da primeira classe. Elas provavelmente haviam sido jogadas para fora pelas janelas quando o trem freara de repente. A mãe franziu as sobrancelhas. Formigas que constroem pontes não deixavam de ser uma possibilidade, mas formigas que viajam em um vagão de trem de primeira classe passam a ser questionáveis. Ela ajustou os óculos e debruçou-se sobre o trem. Dentro do vagão todas as formigas estavam em pânico. A maioria se escondera debaixo dos bancos, e as outras se apertavam contra as paredes. Se fossem descobertas seria uma catástrofe. O par de lentes dos óculos passou pelas janelas do vagão como um dinossauro olhando pelo buraco de uma fechadura. As formigas ficaram imóveis e prenderam a respiração. As lentes passaram e desapareceram. Um enorme suspiro de alívio ressoou pelo vagão. A mãe de Arthur ficou muito séria. No ar havia um clima de bomba prestes a explodir.

– Arthur, esse trem está cheio de formigas! – afirmou sem a menor sombra de dúvida.

– É melhor que estejam dentro do trem do que passeando pela casa, você não acha? – respondeu o filho sem se afobar.

Ela não soube o que responder. Seu filho sempre tivera uma lógica toda especial.

– Sim... é verdade – viu-se obrigada a responder sua mãe.

– Então, tome cuidado por onde pisa – avisou Arthur, girando novamente a pequena manivela.

O trem partiu como um raio, mais rápido do que um trem-bala. A mãe de Arthur deu um pulo, as formigas foram de novo arremessadas em todas as direções, e o trem passou direto debaixo da porta. Ela viu o trem desaparecer e depois olhou para o filho, que sorria. Um sorriso forçado que a fez pensar que ele a havia enganado. Mas, como ela ignorava o que estava acontecendo, resolveu mudar de assunto.

– Anda, está na hora de tomar banho.

O trenzinho seguiu ao longo do mezanino, de onde se tinha uma vista indevassável da sala de estar. Todas as formigas estavam sentadas do mesmo lado e comprimiam-se nas janelas para admirar a vista. Elas teriam assobiado de prazer se alguém tivesse tido a gentileza de ensinar-lhes como.

capítulo 5

A sala de estar estava tranqüila. Provavelmente porque o pai de Arthur sumira, e dele restasse apenas a compressa largada em cima do sofá.

Francis estava no jardim. O rosto continuava todo inchado por causa das queimaduras. Sua aparência não seria diferente se tivesse enfiado a cabeça dentro de uma colméia. Aliás, era exatamente isso o que ele procurava enquanto caminhava: uma colméia. A época de tentar proteger a casa colocando armadilhas de geléia em toda sua volta terminara. Ele estava decidido a ser mais radical e ir direto à fonte. E não mataria mais as abelhas uma por uma – se bem que ainda não matara nem umazinha por causa de Arthur. Ele mataria todas de uma vez! Um genocídio! Largaria uma bomba atômica no país das abelhas! A raiva o empurrara para o lado mais sombrio do ser humano. Francis só sonhava com uma coisa: encontrar a colméia e destruí-la da maneira mais atroz possível para que o sofrimento das abelhas fosse proporcional ao seu. A humilhação tinha sido grande demais para perdoar.

Ele avançava pelo jardim a passos largos, com os olhos fixos em uma abelha. O bichinho estava de barriga cheia e certamente ia para a colméia. Francis só precisava segui-la. Ele encurvou um pouco o corpo para não dar muito na vista. O que não fazia muita diferença, porque sua camisa amarela era tão chamativa que até os pássaros apertavam os olhinhos quando o viam. Um elefante não fica invisível se esconde a tromba um pouquinho. Mas a abelha estava tão embriagada com o açúcar que sugara que nem percebeu que estava sendo seguida. Ela entrou na floresta com o caçador em seu encalço, tão discreto como um espantalho no meio de um gramado baixo.

Atrás da primeira fileira de árvores havia uma pequena clareira, e, no centro, um carvalho bicentenário parecia manter a ordem do lugar. A rainha das abelhas construíra seu reino debaixo de um dos primeiros galhos da velha árvore. A bela colméia era bem redonda, e o grosso galho do carvalho devia tê-la protegido do frio durante vários invernos seguidos. Nossa abelha voou um pouco mais alto e juntou-se às inúmeras companheiras que zumbiam zangadas na entrada da colméia. Não é à toa que seus maridos são chamados zangões. A última coisa que devemos fazer quando nos aproximamos de uma colméia é irritar seus habitantes com palavras que zangam. Portanto, vamos usar a palavra "borboletear", que causará menos problemas e não zangará ninguém porque, como todos sabem, as abelhas são fascinadas pela beleza das borboletas, que, por sua vez, não param de admirar os vestidos listrados das abelhas. Portanto, as abelhas estavam borboleteando na frente da colméia e quase não cumprimentaram a colega que voltava com o produto de sua busca.

Alguns metros mais adiante, Francis sorria maquiavelicamente. Só faltava babar como a raposa que farejou o pedaço de queijo, como na famosa fábula. Ele sorria, mas, como seu rosto estava todo inchado, bastaria enfiar uma maçã na sua boca para que ficasse igualzinho a um leitão assado recém-saído do forno. Fazia semanas que ele sonhava com aquele momento. Agora poderia se vingar de todas as afrontas, de todos aqueles acontecimentos mirabolantes, de todas aquelas situações que beiravam o grotesco e que ele havia sido obrigado a enfrentar por causa daqueles bichinhos diabólicos.

Mas, antes de realizar a 'grande' vingança, aquela que planejaria com a precisão de um general japonês, ele executaria a 'pequena' vingança, aquela que se originava do coração e exigia uma ação imediata.

Meio ensandecido, Francis procurou uma pedra de bom tamanho no chão para jogar na colméia, só para dar às abelhas um gostinho do que as esperava. Pedras não faltavam, o difícil era escolher uma, e é claro que Francis pegou a maior de todas. Aquela que faria o maior estrago. Ele deixou escapar uma risadinha sarcástica, o que combinava muito bem com os inchaços do rosto. Ele se voltou para a colméia brandindo sua nova arma, tão orgulhoso como um macaco que acabara de sair da Era Quaternária, mas soltou um grito de pavor quando deu de cara com um bogo-matassalai. "Deu de cara" é apenas uma maneira de dizer, porque o pai de Arthur só chegava até o umbigo do guerreiro. Os dois não corriam nenhum risco de bater suas respectivas caras uma na outra. O guerreiro (o verdadeiro) se posicionara exatamente entre a pedra e a colméia, o que certamente não era apenas um acaso do destino.

– Saia do meu caminho! Eu tenho que acertar umas contas – quase gaguejou o pai de Arthur, tentando disfarçar o medo sob uma segurança aparente.

O guerreiro olhou fixo para ele com seus grandes olhos pretos o tempo suficiente para Francis não se sentir muito à vontade. É preciso dizer que no fundo daqueles olhos espelhavam-se as milhares de planícies que ele cruzara sem jamais ter sentido medo. Portanto, não seria aquele espantalho vestido de camisa amarela que o assustaria, nem mesmo segurando uma pedra na mão.

– Sai da frente! Elas estão me perseguindo há semanas! Hoje é a minha vez! – insistiu Francis, cada vez mais inseguro.

O guerreiro apontou o braço para o grande carvalho e disse com uma voz calma e imponente:

– Esta árvore tem mais de duzentos anos. Ela viu nascer o pai do seu pai. Ela é o decano desta floresta, e se ela decidiu abrigar esta colméia só nos resta nos inclinarmos diante de sua vontade e seu conhecimento.

Francis ficou um pouco perplexo. Ele jamais imaginara que poderia haver uma hierarquia como essa.

– Eu estou na minha casa aqui, e não será uma árvore que me imporá a sua lei – respondeu revoltado, inchando o peito.

– Se você pensa assim, então devo lembrar-lhe que esta não é sua casa, mas a casa de Arquibaldo, e que esta pedra que está segurando na mão não é sua pedra porque ela me pertence – respondeu calmamente o guerreiro.

Muito espantado que a pedra pudesse pertencer a alguém, Francis olhou para ela. Não há nada mais estúpido nem mais anônimo do que uma pedra. Ele virou-a e viu figuras africanas esculpidas nela.

O guerreiro estendeu a mão para pegar sua propriedade de volta. Francis não sabia o que dizer. Era difícil contestar a origem de uma pedra gravada com aqueles desenhos. Ele acabou colocando o objeto na mão gigantesca que o guerreiro estendia na sua direção.

– Elas não perdem por esperar! – resmungou entre os dentes, apontando um dos dedos para a colméia. – Eu voltarei... e minha vingança será terrível! – disse em tom de ameaça.

O guerreiro olhou para ele do alto dos seus dois metros e meio como uma garça observa a passagem de um pulgão. Francis deu meia-volta, empertigou os ombros e voltou para casa, de onde, aliás, nunca deveria ter saído.

O matassalai deu um suspiro e se perguntou como era possível caber tanta besteira dentro de um corpo tão pequeno.

capítulo 6

Francis foi até a sala de estar, pegou o telefone e discou um número. O que não demorou muito, porque o número tinha apenas três algarismos: 193.

– Alô? É dos bombeiros? – gritou no bocal.

O pai de Arthur certamente não estava acostumado a falar no telefone.

– Aqui é da casa do Arquibaldo, aquela que fica na estrada para a abadia... sim, ele vai bem, obrigado, nós é que estamos mal, eu, principalmente – explicou todo atrapalhado.

Do outro lado da linha, o bombeiro tentou acalmá-lo um pouco.

– Qual é o problema? – perguntou amavelmente.

Francis sentiu-se mais aliviado. Ele havia encontrado um aliado.

– Fui atacado por um enxame de abelhas, vocês precisam passar aqui e acabar com elas antes que aqueles animaizinhos horrorosos façam mais vítimas.

– O senhor tem certeza? É que nesta época do ano as abelhas estão muito ocupadas em sugar o néctar das flores para atacar o que quer que seja – respondeu o bombeiro, que parecia saber do que estava falando.

– Meu rosto está todo inchado! – reclamou Francis, muito irritado.

– Passe um pouco de manteiga. Em todo o rosto. Alivia – recomendou o bombeiro.

Francis não conseguia acreditar no que ouvia. Ele, que achava que havia encontrado um aliado, esbarrara com um renegado.

– Escute, também estou preocupado por causa do meu filho, ele é muito alérgico e...

O bombeiro não o deixou terminar:

– Arthur? O senhor está falando do Arthur?

– Estou – respondeu Francis, muito espantado.

– Ele é alérgico a picada de abelha?

– É, desde pequeno – confirmou Francis.

– Estaremos aí amanhã, ao meio-dia – informou o bombeiro e desligou.

O pai de Arthur ficou parado no mesmo lugar como um idiota, segurando o telefone na mão. Até mencionar o nome de Arthur o bombeiro não dera a menor importância ao seu problema. Como um garoto tão pequeno podia ser tão famoso? Vale lembrar que, em sua última aventura, enquanto Arthur estava ocupado em salvar os mundos, seu pai se ocupava em cavar buracos.

Francis recolocou devagar o telefone no gancho, voltou-se – provavelmente para ir à cozinha apanhar um bocado de manteiga – e deu de cara com Arquibaldo. Pego de surpresa, ele deu um salto para trás.

– Desculpe, você me assustou – disse para o sogro, apertando a mão contra o peito.

– Eu é que deveria ficar assustado – respondeu Arquibaldo apontando um dedo para o rosto inchado do genro. – O que aconteceu com você?

– Uma abelha me picou – explicou o pai de Arthur, muito pouco à vontade.

– Devia ser uma abelha com uma metralhadora em lugar de ferrão, não? Parece que você foi picado pelo menos cem vezes!

– Não, cem vezes não. Ela me picou só uma vez... no traseiro – explicou Francis para um Arquibaldo embasbacado.

– E o rosto? O que aconteceu com o rosto? – perguntou o senhor idoso, que descobria, um depois do outro, todos os dramas que haviam acontecido durante sua sesta.

– Isto? Isto foi sua filha – informou com arrogância o genro. – Ela estava segurando uma lata de inseticida e apertou o botão do spray.

– Mas que diabos ela estava fazendo com uma lata de inseticida? – perguntou o avô, alarmado.

– Estávamos tentando dar cabo de uma abelha muito teimosa que acabou escapando, mas isso não tem mais a menor importância porque eu consegui encontrar a colméia e os bombeiros vão vir amanhã e acabar com elas – disparou Francis, quase sem parar para respirar.

Arquibaldo olhou para o genro. O olhar era tão gelado que ninguém gostaria de ser olhado assim.

– Não me leve a mal, meu caro Francis, mas permita-me lembrar-lhe que você está na minha casa e que a minha casa vai até a cerca que segue ao longo da parte baixa da estrada. E é claro que este "na minha casa" inclui as árvores e todas as plantas que têm a gentileza de crescer neste espaço, e todos os animais, as abelhas inclusive, que me dão a honra de habitá-la.

A mensagem tinha o mérito de ser inequívoca, e, por mais que o genro de Arquibaldo procurasse, ele não tinha uma resposta para dar.

A mãe de Arthur dobrou a compressa que colocara em cima do aquecedor para secar – mais por hábito do que outra coisa, porque o aparelho estava desligado desde abril e não esquentava nada nem ninguém. Acontece que ela estava se sentindo um pouco tonta. Todas aquelas pequenas confusões do dia, aquelas pontes, aqueles trens, aquelas formigas e abelhas haviam-na perturbado. Arthur fechou a torneira do chuveiro e enfiou-se dentro da grande toalha que sua mãe estendera entre as mãos para ele. Ela o envelopou com um gesto amplo e generoso como só as mães sabem fazer, e começou a friccioná-lo com ternura.

– Olhe só para isso! – suspirou quando viu que as pinturas de guerra continuavam grudadas no rosto do filho.

– Não são pinturas de guerra! São códigos da natureza para espantar os maus espíritos quando eu for me encontrar com os minimoys – explicou Arthur todo entusiasmado.

A mãe colocou um pouco de creme em cima de um chumaço de algodão e começou a remover a maquiagem do rosto do filho.

– Que história é essa de minimoys? São aqueles duendes? – perguntou.

É evidente que ela não acreditava nessas histórias para boi dormir.

– Hoje é noite de lua cheia, a décima. O raio vai se abrir durante um minuto e eu vou poder me encontrar com Selenia. Por favor, não conte para o papai. Eu sei que ele quer viajar amanhã. Não se preocupe, estarei de volta na hora do café-da-manhã – cochichou ao ouvido da mãe em tom de confidência.

A mãe olhou para ele como se o filho tivesse falado na língua dos tibetanos.

– E aonde você acha que vai? – perguntou.

Ela gostava que lhe explicassem tudo tintim por tintim.

– Ora, me encontrar com os minimoys no jardim, é claro – respondeu Arthur com uma simplicidade desconcertante.

– Ah! – exclamou a mãe, aliviada ao perceber que tudo não passava de uma história de criança, uma brincadeira para a qual o filho acabara de gentilmente convidá-la.

Ele podia ir para onde bem quisesse desde que não saísse do jardim.

– Prometo não contar nada para seu pai – respondeu olhando-o com um ar de cumplicidade.

– Ah! Obrigado, mamãe! – agradeceu o filho ingenuamente, jogando os braços em volta do pescoço de sua gentil mãezinha.

Os pais sempre ficam surpresos com os impulsos de ternura que só as crianças são capazes de sentir. Ela apertou o filho docemente contra seu peito e embalou-o como quando era pequeno.

– Hoje seu pai foi picado por uma abelha – disse, para continuar a conversa.

– Ele tentou matá-la, ela só se defendeu – contestou Arthur, nem um pouco preocupado com o pai.

A mãe parou para pensar um minuto. Ela acabara de entender o passe de mágica, isto é, como uma abelha passa por um copo sem a ajuda do Espírito Santo.

– Foi você que soltou a abelha?

Arthur não tinha coragem de mentir para a mãe, que vinha se mostrando tão compreensiva.

– Se alguém atacasse você, eu também a defenderia – respondeu Arthur, muito esperto.

– É muito gentil da sua parte, meu querido, só que neste caso você soltou um animal feroz! – afirmou a mãe, tão convincente como um dentista que garante que não vai doer nada.

– A abelha? Um animal feroz?! Mamãe! – exclamou Arthur indignado, como se reclamasse da falta de seriedade do diálogo.

— Sim! Feroz! Ela pode fazer tanto mal como um leão ou um rinoceronte! Uma simples picadinha e as aventuras de Arthur acabam num piscar de olhos – afirmou a mãe, que, pelo menos dessa vez, não estava longe da verdade.

Mas Arthur não ficou com medo. Apesar de sua pouca idade, ele sabia que os animais mais perigosos eram os seres humanos. Esse era um título que o tal bípede terrível vinha ganhando desde que conseguira ficar ereto em cima das duas pernas. Nenhum animal, por mais feroz que fosse, conseguiria vencê-lo nessa área. Por exemplo, jamais se vira um animal esquartejando outro para fazer um casaco de pele. Seja como for, Arthur entendia a preocupação da mãe e seu temor pelo filhote. Aliás, como é bom saber que sua mãe está preocupada com você. A gente se sente tão mais forte!

— Não se preocupe, mamãe, eu vou tomar cuidado – disse Arthur acariciando o rosto da mãe como se ela tivesse quatro anos de idade. – Sabe, sou muito popular na terra dos minimoys, eles me recebem de braços abertos, e todos acham que eu sou o futuro rei deles.

A mãe respondeu com um sorriso.

— Eu sei que ainda sou um garoto, mas quando estou lá eu me sinto tão forte, quase invencível – prosseguiu Arthur enquanto a mãe olhava para ele com os olhos cheios de amor. – Eu acho que é Selenia quem me faz sentir tão forte. Ela é tão bonita e inteligente. Ela não desiste nunca! E é tão corajosa!

O olhar de Arthur tornara-se um pouco sonhador, seu corpo afrouxara. Uma mãe nunca se engana com esses sinais.

– Por acaso, você não estaria um pouco apaixonado por ela? – perguntou gentilmente.

– Mamãe! – indignou-se Arthur. – Ela é muito mais velha do que eu! Ela tem mil anos!

– Ah, é? – respondeu a mãe, um pouco perdida nas contas. Ela precisava de uma tabela de conversão.

– O mais engraçado é que, quando estou aqui, eu tenho um metro e dez de altura e me sinto pequeno, mas, quando estou lá e não tenho mais do que dois milímetros de altura, eu me sinto enorme – disse Arthur com toda a sinceridade.

Por falta de parâmetros, sua mãe tinha cada vez mais dificuldade para entender o que o filho estava contando.

– Tão grande que não tenho medo de nada nem de ninguém, nem de Maltazard! – prosseguiu o menino, quando percebeu que acabara de pronunciar o nome proibido, o nome que causava terror, as três sílabas banidas para sempre do Grande Livro dos minimoys.

Nove letras que só traziam infelicidade assim que eram pronunciadas.

Ele logo lamentou seu erro e deixou escapar um "Xi!". Mas a infelicidade já estava na soleira da porta do banheiro e entrou sem bater. Naquela contraluz, ela era uma silhueta estranha, e seu rosto estava desfigurado pelo sofrimento. Poderia ser Maltazard, mas era apenas Francis com uma mochila pendurada no ombro. Seu rosto estava tão estufado como uma maçã esquecida no forno.

— Arrumem suas coisas, nós vamos embora hoje à noite – informou sem fazer rodeios.

Arthur e sua mãe ficaram surpresos.

— Mas... a gente não ia embora amanhã? – perguntou Arthur, começando a entrar em pânico.

— Ia. Mas aconteceu uma mudança de última hora e nós vamos hoje. As estradas estarão menos cheias e o calor também incomodará menos.

— Impossível, papai! Hoje à noite não! – suplicou Arthur, quase chorando.

— Arthur, você está de férias há dois meses. Todas as coisas boas têm um fim. Lembre que as aulas começam daqui a três dias – respondeu o pai, tão categórico como um pêndulo.

— Hoje à noite não... – balbuciou o menino, completamente desesperado.

A mãe percebeu a aflição do filho e decidiu ir em seu socorro, mesmo que não acreditasse nem por um segundo em todas aquelas histórias de minimoys, nem na existência da tal princesa Selenia que era mil anos mais velha do que Arthur.

— Querido, você não acha que é um pouco precipitado irmos embora hoje? Não podemos partir assim, sem avisar meu pai. Ele está tão feliz porque o neto está passando as férias com ele...

Francis interrompeu-a raivosamente:

— Sim! Vamos falar de Arquibaldo! Ele praticamente me expulsou da casa! Eu estou todo picado, mas ele não liga a mínima! Eu fui agredido por aqueles indígenas que ele deixa morar lá atrás do jardim, e ele nem liga! E eu tenho certeza de que se formos embora imediatamente ele também não dará a mínima!

A mãe pensou no que poderia dizer para acalmá-lo, porém há incêndios impossíveis de serem apagados.

– Ande! Vá se vestir e venha jantar – ordenou para o filho com a delicadeza de um hipopótamo numa loja de cristais.

Depois, agarrou a mulher pela manga do vestido e obrigou-a a segui-lo pelo corredor.

Arthur ficou sozinho. Ele estava aniquilado. Duas lágrimas rolaram pelas suas faces, duas lágrimas tão cheias que poderiam rolar até o chão. Ele não veria Selenia. Era nisso que se resumia sua infelicidade. O resto não tinha a menor importância. Dez semanas de uma paciência exemplar. Dez semanas esperando umas poucas horas para abraçá-la novamente, embriagar-se no seu perfume de flor real, beber seu sorriso até o infinito, e adquirir ao seu lado toda a força de que precisaria para enfrentar o novo ano escolar. Agora nada disso seria possível. Nem o perfume, nem o sorriso, nem a força. O nada seria absoluto. Arthur sentia-se como uma flor murcha cujas pétalas caídas espalham-se em volta de um vaso.

O clima em torno da mesa do jantar não era dos melhores. Apenas os talheres tinham a palavra: os garfos respondiam às facas e de vez em quando uma colher se intrometia na conversa. Margarida e Arquibaldo não tinham a menor intenção de demonstrar sua tristeza e mantinham os narizes enfiados nos respectivos pratos. O pai de Arthur não parava de estraçalhar pedacinhos de pão, que jogava dentro da sopa com gestos bruscos para disfarçar seu nervosismo. Ele estava sendo corroído pelo sentimento de culpa.

Sua mulher amarrara o guardanapo em volta do pescoço, o que não adiantava muito porque ela nem tocara na comida. Muito aflita, ela tentava cruzar com um olhar para desbloquear aquela situação ridícula. Mas ninguém vinha em seu auxílio. Ela deu um suspiro que traduziu muito bem a angústia que sentia e deixou os olhos vagarem pela sala de jantar. O aposento era sóbrio. Havia apenas algumas máscaras africanas penduradas nas paredes, o tique-taque do pêndulo, que tornava o clima ainda mais pesado, e uma chaminé apagada, enegrecida, morta. "Há algo mais triste do que uma chaminé apagada?", perguntou-se a mãe de Arthur, suspirando novamente.

Contudo, se não havia nenhuma atividade dentro da chaminé, o mesmo não acontecia em cima dela, onde um alegre cortejo de formigas atravessava o aposento de um lado a outro. Extremamente agitadas, cerca de vinte formigas giravam em torno do caminhão-pipa novinho em folha, *made in Arthur*, puxado por quatro parelhas de formigas voluntárias, isto é, oito formigas no total. Havia mais vida e felicidade ao redor daquele pedacinho de canudo do que em toda a sala de jantar. A mãe de Arthur sorriu e não ficou nem um pouco surpresa quando viu oito formigas puxando um caminhão-pipa. Se elas eram capazes de construir pontes, era mais do que lógico que também fossem capazes de construir veículos que passassem por cima das pontes. Mas, pensando bem, ela já vira aquele canudo ambulante em algum lugar... Claro! O trem de Arthur! O que significava que seu filho era cúmplice nessa história e provavelmente também o responsável por aquela rede de formigas que ela descobria por partes. Ela ia fazer um comentário a respeito para o marido quando ele abriu a boca e começou a falar, só para quebrar o gelo:

– Arquibaldo, você que conhece tão bem a natureza, você poderia me dizer se as formigas têm inteligência suficiente para construir pequenos edifícios... ou... por exemplo... uma ponte?

Arquibaldo pensou um instante. Claro que ele conhecia a resposta e também sabia que em muitos pontos as formigas eram mais inteligentes do que o autor da pergunta. Ele lembrou-se de uma frase que lera havia algum tempo em um livro muito interessante que tratava justamente do saber: "Quanto menos inteligente for o homem branco, tanto mais bobo lhe parecerá o homem negro". Como as formigas são mais pretas do que um pedaço de carvão, e o genro era mais branco do que um copo-de-leite, a frase parecia ter sido escrita exatamente para aquele momento.

– Isso é absolutamente impossível! – respondeu Arquibaldo, tão categórico como um dicionário.

Ele preferira mentir porque sabia que o genro usaria a resposta certa da forma errada. A mãe de Arthur ficou sem saber o que dizer. Ela gostaria de falar das formigas que, depois de passarem pelo primeiro andar do trem, agora atravessavam a sala de jantar em cima de um caminhão.

– Está vendo? É impossível – disse Francis para sua mulher, como se durante todo esse tempo ele ainda tivesse alguma dúvida a respeito.

Sem tirar os olhos da parelha de formigas que puxava o caminhão que começava a desaparecer pelo rodapé, sua mulher concordou, fazendo um gesto com a cabeça.

– Quando a gente só mede dois milímetros de altura... a gente... a gente só mede dois milímetros de altura! – prosseguiu o marido, convencido de ter dito a frase do século.

Arthur abriu o Grande Livro do avô. Evidentemente que abrira na página onde estava o desenho de Selenia. Apesar de aquele pedacinho de minimoy medir apenas alguns milímetros, ela tinha mais coração e mais alma do que muitos de nós.

Os olhos de Arthur não conseguiam desgrudar da imagem. Congelada para a eternidade, a princesa olhava para Arthur com uma ternura infinita. Ele sonhara tanto durante tantas luas com o momento em que poderia abraçá-la novamente, e agora precisava contentar-se com aquele único olhar que aquele desenho era capaz de lhe dar.

Um sentimento de injustiça invadiu-o. Depois de arrancar o avô das garras de M., salvar a casa das mãos de Davido, a recompensa era essa? Ser tratado como um criança de dez anos? O que não deixava de ser verdade, mas nas atuais circunstâncias ele preferia afirmar que tinha mil anos como Selenia e que nada, nem ninguém, o impediria de ir ao encontro da sua bem-amada. Arthur fechou o livro e ia recolocá-lo no lugar entre dois livros sobre a África, quando viu um pequeno objeto brilhar no fundo da prateleira da biblioteca. Ele esticou a mão e pegou-o. A garrafa de vidro era minúscula, e todos os lados estavam gravados delicadamente com desenhos. Em cima do desenho de um menininho que caminhava e que, quatro desenhos depois, ficava muito grande, havia uma etiqueta na qual alguém escrevera a caneta as palavras "Pequeno-Grande". Tudo estava claro... "Se Selenia pudesse beber isso e vir se encontrar comigo no meu mundo...", desejou Arthur, recolocando o frasco no mesmo lugar onde o encontrara, no esconderijo atrás do Grande Livro. Mas nem pensar em dar a poção para Selenia. Se ele quisesse vê-la, era ele quem deveria fazer o impossível para vencer os obstáculos e ir ao encontro dela. No entanto, por mais que Arthur virasse e revirasse os prós e contras de mil e uma maneiras na sua cabeça, ele chegava sempre à mesma conclusão: faria qualquer coisa, e mais, se fosse necessário, para rever Selenia.

Face a face com essa conclusão incontornável, Arthur tomou uma decisão: ele encheu os pulmõezinhos, levantou-se, abriu uma das malas e pegou o único objeto indispensável para chegar à terra dos minimoys: a luneta. Em seguida, abriu a janela de par em par e improvisou rapidamente uma escada de corda com os vários pedaços de tecidos do Oriente que estavam largados pelo chão. Ele jogou a corda do lado de fora da janela e preparava-se para subir no parapeito quando a porta abriu-se inesperadamente. Arquibaldo ficou parado na soleira, de frente para o neto, que segurava a corda improvisada em uma das mãos e preparava-se para passar uma das pernas por cima do parapeito da janela. O flagrante delito era tão perfeito que Arthur nem tentou se defender.

– Será que nós dois poderíamos ter uma conversinha antes de você sumir no meio da noite? – perguntou o avô com muita calma e sabedoria.

Arthur hesitou, mas depois puxou a perna para dentro e sentou na beirada da janela.

Arquibaldo olhou para o neto. Havia tanto amor naquele olhar... amor e respeito. Cada vez que ele olhava para Arthur era como se ele se visse dentro de um espelho. Ele lembrou que quando o neto ainda era bem pequeno Arthur se sentia sempre incompreendido e estava sempre em guerra contra os adultos, que só enxergam a verdade quando ela está bem na frente dos seus narizes e nunca conseguem imaginar aquela que está dos lados, em cima, ou até mesmo embaixo. E nessa noite a verdade de Arthur era muito mais importante do que a do seu pai. O menino estava apaixonado e seria capaz de fazer qualquer coisa para encontrar-se com sua amada. O mundo pertencia aos sonhadores, e Arthur partiria para conquistá-lo.

Arquibaldo caminhou até sua poltrona e sentou-se.

– Arthur, eu sei que você está se sentindo injustiçado e incompreendido, mas agora você já é grande e precisa entender que não se pode sempre fazer o que se quer – explicou calmamente o avô.

– Se ser grande for isso, eu prefiro ficar pequeno pelo resto da vida! – retrucou Arthur com firmeza.

Tocado pela vivacidade do neto e por sua capacidade de resumir as coisas, Arquibaldo sorriu.

– São provas como essas que o farão crescer, Arthur. Você deveria agradecer aos céus por lhe enviar essas mensagens.

– Mensagens? Que mensagens? Arquibaldo, eu não estou entendendo mais nada! A única coisa que entendo é que meu pai não entende nada! – respondeu Arthur, que começava a perder a paciência.

– Seu pai tem a lógica dele, e você, a sua. Você precisa aprender a conviver com essa diferença. Se você quiser que seu pai o respeite e entenda a sua diferença, você precisa entender e respeitar a dele – explicou o avô com a mesma sabedoria de sempre.

Arthur sentiu que ia começar a chorar.

– Eu sinto tanta falta da Selenia, vovô. Eu acho que vou morrer se não conseguir vê-la – confidenciou Arthur.

Incapaz de esconder por mais tempo o que sentia, ele começou a soluçar.

Arquibaldo levantou-se e sentou ao lado do neto. Ele passou um braço em volta dos ombros do menino.

– O tempo não tem nenhum efeito sobre o amor. Eu passei três anos na prisão de M., o Maldito, e a única coisa que me sustentou foi sua avó, seu lindo sorriso que ninguém podia me impedir de imaginar, e todo aquele amor que ela me mandava e que nenhuma grade seria capaz de impedir de entrar. Selenia estará dentro de você para sempre, e ninguém poderá tirá-la de você. Nem mesmo o tempo.

Arthur não conseguiu mais conter as lágrimas, e elas começaram a rolar pelas bochechas. Lindas lágrimas, tão grossas que se transformavam em lupas, e quando passavam pelas faces aumentavam as sardas que se espalhavam pelo seu rostinho. Um lenço teria sido bem-vindo.

capítulo 7

O pai tirou o lenço do bolso, não para dá-lo ao filho, mas para lustrar a magnífica cabeça de carneiro que reinava na frente do capô do automóvel. A bela estatueta prateada era o emblema da marca do carro e o orgulho do pai de Arthur. "Um carneiro na frente, e oitenta cavalos na traseira", costumava dizer de brincadeira quando se aproximava do carro, sentindo-se invencível. Era bem possível que aquele carro tivesse toda a força e potência que faltavam a Francis. Por isso ele não parava de mimá-lo, tanto que sua mulher às vezes sentia ciúmes dele.

– Limpe os pés antes de entrar – avisou à mulher, quando ela apareceu na porta da casa.

Ela largou as malas na varanda, deu de ombros e foi apanhar o resto da bagagem. Francis sentiu-se um pouco ridículo e, como sempre fazia quando se sentia um pouco ridículo, recomeçou a polir o carneiro.

* * *

Sentado na soleira da porta do escritório de Arquibaldo, Alfredo espreitava com um olhar triste e pidão. Ele observava Arthur pensando com seus botões, como se o dono quisesse entender as regras de uma nova brincadeira. Mas Arthur não estava brincando. Muito pelo contrário. Ele provavelmente nunca estivera tão sério na sua breve vida. Ele tinha a sensação de ter envelhecido muito de repente. Arquibaldo tentou confortá-lo com os olhos porque nenhuma palavra poderia aliviar sua dor.

Alfredo levantou a cabeça e perguntou-se se a aranha que passava pela porta naquele instante também fazia parte do jogo. Em princípio não, mas então por que ela não parava de ir atrás de Arthur como se o estivesse seguindo? Alfredo abanou um pouco o rabo. Nunca se sabe. Se era um jogo, ele não queria deixar de participar dele, por mais incompreensível que fosse.

– Eu espero você lá embaixo – disse Arquibaldo, que sabia por experiência própria que às vezes é mais fácil suportar o sofrimento quando se está sozinho.

Ele passou por Alfredo, que não desgrudou os olhos dos passos da aranha. Enquanto Arthur terminava de arrumar a pequena mochila, a aranha começou a descer do teto na sua direção. Ela tecia o fio rapidamente e deslizava por ele mais silenciosa do que uma corrente de ar. Se esse jogo fosse igual ao de esconde-esconde, ela ganharia logo. Alfredo começou a latir para avisar seu companheiro de brincadeiras.

Arthur foi até ele e conseguiu escapar do beijo da aranha.

— Não vou demorar, Alfredo. Não se preocupe. Você também vai participar da prova, você vai ver. Ela vai deixar você maior ainda – disse carinhosamente, afagando a cabeça do cão.

Alfredo estranhou a mensagem. A única coisa que o fazia crescer era um osso com tutano, e ele não conseguia imaginar que tipo de prova era essa que ele poderia beliscar.

A aranha recomeçou a descer por cima da cabeça de Arthur. Ela certamente tinha uma idéia fixa, mas estava sem sorte, porque Arthur ficou em pé novamente e foi fechar a mochila. Visivelmente cansada de todas essas idas e vindas, a aranha fez uma pausa.

Alfredo olhou para aquele animalzinho peludo que parara para recuperar o fôlego.

Aquilo que ela segurava entre as patas dianteiras, e parecia ter um quarto do seu tamanho, devia ser muito pesado.

"O que será que ela está carregando?", perguntou-se o cão. Ele franziu os olhos e viu que era um grão de arroz. Alfredo ficou surpreso. Ele não sabia nada sobre aranhas, mas era a primeira vez que encontrava uma aranha vegetariana. Intrigado com aquela particularidade, ele franziu um pouco mais os olhos e viu algumas inscrições gravadas no grão de arroz. Agora sim! Alfredo finalmente entendera o jogo. Não era um jogo de esconde-esconde, mas de adivinhas. Quantas vezes ele não adormecera enquanto Arthur e o avô jogavam aquele jogo que mais parecia um sonífero? Alfredo começou a latir para avisar a Arthur que ele tinha um novo companheiro de jogos, e ao mesmo tempo comunicar à aranha que não estava com nenhuma vontade de jogar aquele jogo.

– Já vou! – respondeu Arthur, que não entendera o recado.

A aranha subiu pelo fio e recomeçou a caminhar na direção de Arthur. Se ela tivesse sabido que a missão seria tão cansativa ela jamais a teria aceitado.

Arthur fechou a mochila e pendurou-a no ombro. A aranha continuou tecendo seu fio, escorregou por ele sob o peso da carga e do cansaço, mas errou a pontaria novamente, porque Arthur já estava indo para a porta.

A aranha deu um grito enorme. Um grito de desespero. Como se sua vida dependesse de ser ouvida. Claro que, para Arthur, aquele grito que vinha do coração era minúsculo, porque seus ouvidos não eram afinados o suficiente para ouvi-lo. Bem, talvez um pouquinho, talvez ele tivesse ouvido algo como um rangido levíssimo, que só podia vir das tábuas corridas velhas e cansadas que cobriam o assoalho. Mas, para a sorte da aranha, Alfredo a ouvira. Ele não falava sua língua, mas o sentimento de desespero é universal, e naquele grito havia muito desespero. O cão bloqueou a passagem do seu dono. Ele afastou as patas e abaixou as orelhas. Parecia um verdadeiro goleiro.

– O que foi, Alfredo? Você não quer que eu vá embora? É isso? – perguntou Arthur sorrindo. – Olhe, eu acho que não tenho escolha. Anda, chega para lá.

Arthur tentou forçar a passagem, mas Alfredo bloqueou-a ainda mais com um latido rouco e curto, que não deixava nenhuma dúvida a respeito da natureza do recado. Arthur entendeu. Ele colocou a mochila no chão devagar e olhou para o cachorro numa tentativa de decifrar o indecifrável. Quanto mais Alfredo latia, menos Arthur entendia. A única coisa que ele sabia era que a notícia devia ser muito importante para Alfredo insistir tanto.

O menino não sabia mais o que fazer. Ele soltou um grande suspiro e deu meia-volta, como se quisesse procurar alguma pista em outro lugar. De repente, ficou cara a cara com uma aranha exausta que segurava um grão de arroz entre as patas dianteiras. Arthur olhou-a espantado e colocou a mão debaixo dela instintivamente. Ela parecia tão fraquinha que seria capaz de cair a qualquer momento. Era tudo o que a aranha queria. Ela soltou o grão de arroz na palma da mão de Arthur imediatamente e afinal conseguiu entregar a mensagem que levava para ele. Muito espantado, Arthur olhou para aquele minúsculo grão de arroz todo branco e preparava-se para interrogar a aranha a respeito, mas ela já havia desaparecido, o que tornava a situação ainda mais misteriosa. Alfredo abanou o rabo, feliz por ter participado naquela operação.

"Mas que diabos devo fazer com esse grão de arroz?", perguntava-se Arthur, quando percebeu os pequenos sinais gravados no cereal.

Ele correu até a escrivaninha do avô e pegou a lupa que usara para construir o caminhão-pipa das formigas. O grão de arroz ficou tão grande como uma pedra branca. Nela estava gravada uma única palavra: "Socorro!".

Arthur ficou boquiaberto, imóvel. A aranha fora até ali para entregar-lhe aquela mensagem pessoalmente! Quem mais confiaria tanto nele, ele que não passava de um garoto de apenas dez anos de idade, a não ser os minimoys? E se os minimoys estavam tão desesperados, a ponto de lhes restar apenas Arthur como último recurso, era porque eles deviam estar em uma situação extremamente preocupante.

– Não podemos esperar nem mais um segundo! – disse para Alfredo, e deu três voltas no mesmo lugar antes de encontrar a porta da saída.

Como se fosse fazer o arrombamento do século, Arthur desceu pela escada nas pontas dos pés, com mais elasticidade do que uma pantera cor-de-rosa. A sala de estar estava vazia. Nenhum pai à vista, o que era uma boa notícia. Arthur apressou o passo, correu até a cozinha e viu um ombro do avô. Ao passar pela porta esbarrou com sua mãe. Ambos gritaram de susto ao mesmo tempo.

– Arthur! Você me assustou! – reclamou a mãe, apoiando uma das mãos em cima do coração como se ele fosse parar por tão pouca coisa. – Coloca a mochila no carro. Anda! Seu pai está esperando para fechar a mala do carro.

– Já vou! Só vou me despedir do vovô e da vovó – respondeu o filho, que tentava se livrar da mãe.

– Está bem. Eu espero – respondeu ela, mais grudenta do que um papel papa-moscas.

Arthur não tinha tempo para delicadezas. Ele apoiou as duas mãos em cima das nádegas da mãe e literalmente empurrou-a para fora.

– Eu preciso contar um segredo para o vovô antes de ir embora, é um segredo de homens – explicou e fechou a porta no nariz da mãe.

– Arthur, você está exagerando! – reclamou Arquibaldo, aborrecido com a atitude do neto.

Mas quando viu o terror que se espelhava no seu rostinho perguntou preocupado:

– Aconteceu alguma coisa?

– É horrível! Os minimoys estão correndo perigo! Mandaram uma mensagem pedindo socorro! Precisamos fazer alguma coisa! – respondeu confusamente o neto todo afobado.

– Calma, Arthur, calma – respondeu Arquibaldo, segurando-o pelos ombros. – Que mensagem?

– Esta! O grão de arroz! Foi uma aranha que trouxe a mensagem! Precisamos agir rápido antes que seja tarde demais! Eu não quero perder Selenia, vovô! Você entende? – respondeu Arthur, quase chorando.

– Vamos, Arthur, acalme-se. Você não vai perder nada nem ninguém – afirmou Arquibaldo, tentando tranqüilizá-lo.
– Em primeiro lugar, de que aranha você está falando? E que mensagem é essa?

Arthur pegou uma das mãos do avô e colocou o grão de arroz na palma da mão. Depois, tirou a lupa do bolso de trás da calça e deu-a para Arquibaldo.

– Aqui! No grão de arroz! Está escrito aqui! Olhe!

– Uma mensagem? Em cima de um grão de arroz? Estranho... os minimoys costumam escrever em cima das folhas caídas das árvores... – comentou Arquibaldo, colocando os óculos.

– Uma folha nunca teria chegado até aqui. Foi por isso que escreveram a mensagem em cima do grão de arroz, para que a aranha pudesse trazê-la para mim – explicou o neto com uma lógica implacável. – Anda, vovô, lê logo!

O pai de Arthur abriu a porta e esbarrou no ombro do sogro no instante em que o avô ajustava os óculos em cima do nariz e a lupa por cima do grão de arroz, que saiu voando pelos ares.

– Oh! Desculpe – disse meio sem jeito porque havia esbarrado em alguém sem querer.

Arthur ficou pasmo com o que estava acontecendo. Não havia uma única catástrofe na qual seu pai não estivesse metido. Se houvesse um Clube das Calamidades, ele seria o fundador. Arthur ficou de quatro no chão e começou a procurar a mensagem importante.

– O que está fazendo, Arthur? – perguntou o pai, que já começava a ficar irritado novamente.

– Eu... eu estou procurando um presente que dei para o vovô. Ele caiu quando você abriu a porta – respondeu Arthur aborrecido.

O pai deu de ombros.

– Como eu podia adivinhar que vocês estavam atrás da porta?

Arthur examinara todas as frestas do assoalho e não achara nada.

– Bom! Agora chega. Vamos, Arthur. Temos muita estrada pela frente – ordenou o pai mal-humorado, segurando o filho pelo braço. – Arquibaldo está com uma bela lupa na mão. Eu tenho certeza de que irá encontrar o tal presente.

Arthur debatia-se como podia, mas a força do pai era inversamente proporcional à sua inteligência.

– Me deixa ao menos dar um beijo no vovô – pediu.

Francis não podia recusar um pedido desses. Ele soltou o filho por alguns segundos, mas manteve-o ao alcance da mão.

Arthur debruçou-se na direção do rosto do avô e, quando o beijou na face, sussurrou a seguinte mensagem no seu ouvido:

– No grão de arroz estava escrito "Socorro".

Espantado, o avô retribuiu o beijo.

– Você tem certeza? – cochichou por sua vez o velho homem.

Arthur deu-lhe outro beijo.

– Tenho! Precisamos fazer alguma coisa!

Arquibaldo virou o rosto para o outro lado e beijou o neto na outra bochecha.

– Vou ver o que posso fazer.

Arthur trocou de bochecha.

– Não os abandone, vovô, por favor – suplicou Arthur, com a voz alterada pela emoção.

No sétimo beijo, Francis começou a se perguntar se aqueles dois não estavam fazendo pouco dele.

– Bom, agora precisamos ir. Eu tenho um longo caminho pela frente e preciso cronometrar o tempo – informou, tão elegante como um motorista de caminhão de carga.

Arquibaldo e Arthur separaram-se a contragosto.

Enquanto Francis jogava a mochila do filho no porta-malas, o olhar de Arthur cruzou novamente com o do avô, que estava parado na soleira da porta.

– Não se preocupe – disse Arquibaldo movendo os lábios, mas sem emitir um único som.

Arthur sorriu para ele com o coração apertado.

– Vamos, Arthur! Todos a bordo! – chamou Francis, tentando ser engraçado, mas ninguém riu.

Ele era tão engraçado quanto uma dor de barriga.

Arthur entrou no carro de má vontade. Francis fez a volta e aproveitou para dar um último polimento na cabeça de carneiro que reinava na frente do capô. Até parecia que quem ia dirigir o carro era o animal, e não ele.

A mãe já estava confortavelmente instalada no assento do passageiro. Ela era sempre a primeira a entrar no carro porque precisava de pelo menos quinze minutos para colocar o cinto de segurança. Como isso deixava o marido furioso, com o passar do tempo ela se acostumara a ser a primeira a subir no carro.

– Se você ficar enjoado eu trouxe uns sacos de papel – informou carinhosamente para o filho, como se tivesse comprado balas para ele.

Arthur ficou com vontade de responder que, considerando a velocidade com a qual o pai dirigia, ele não corria nenhum risco de ficar enjoado, mas preferiu olhar pelo vidro traseiro para o avô, que continuava parado na varanda.

Francis instalou-se no assento do motorista, esfregou as mãos, enfiou a chave na ignição e ligou o motor. Os oitenta cavalos começaram a rugir, mesmo que dois terços não tivessem a menor utilidade e cavalos não soubessem rugir. O pai de Arthur sorria como um beato, ou como um padre que ouve o tilintar dos sinos na Páscoa.

Ele soltou o freio de mão e gritou feliz da vida:
– E lá vamos nós!

O carro começou a ganhar velocidade lentamente. Arthur viu o avô fazer grandes gestos de adeus e distanciar-se. E também viu aquela casa tão bonita, onde acabara de passar as melhores semanas da sua vida, ficar cada vez mais longe. Alfredo, que estivera ocupado seguindo a aranha na sua volta para casa, lembrou-se de repente que um barulho de motor muitas vezes significava uma partida. Ele desceu correndo pela escada e saiu em disparada entre as pernas de Arquibaldo, que quase perdeu o equilíbrio.

O carro começava a sair da propriedade, quando a estrada foi iluminada por fachos misteriosos. Francis franziu as sobrancelhas e tirou um pouco o pé do acelerador. Ele não se lembrava de ter visto postes de luz naquele lugar. Eram os bogo-matassalais. Nas mãos eles seguravam tochas que iluminavam a estrada por um breve instante. Quando passou por eles, Arthur ficou impressionado com aqueles belos rostos de guerreiros que se destacavam na escuridão da noite à luz das bolas de fogo.

– Eles acham que estão fazendo o quê iluminando a estrada desse jeito? Eles vão acabar provocando um acidente! – resmungou Francis, que nunca perdia uma ocasião para reclamar.

O carro passou por aquela magnífica alameda luminosa e desapareceu na noite. Agora viam-se apenas dois olhos amarelos pequeninos entrecortando o horizonte de vez em quando.

Os guerreiros preparavam-se para voltar para a tenda, quando Alfredo apareceu na estrada e começou a perseguir o carro. Os bogo-matassalais nem tiveram tempo para reagir. Eles só puderam vê-lo desaparecer na noite, correndo atrás do seu dono.

capítulo 8

Arquibaldo e Margarida estavam em pé na varanda um pouco tristes e abatidos.

– Não se preocupe com Alfredo. Ele corre cinco minutos e depois volta. Ele tem medo do escuro – disse Margarida, segurando o marido pelo braço e puxando-o para dentro de casa.

– Eu não estou preocupado com Alfredo, mas com Arthur – respondeu o marido.

Arquibaldo fechou a porta e a trancou com um gesto mecânico.

– Ele leva essa história tão a sério... eu não quero que se sinta infeliz.

Vovó sorriu.

– Arthur é jovem. É a primeira vez que está sofrendo por amor, e certamente não será a última. Infelizmente ele ainda sofrerá outras vezes.

Arquibaldo suspirou. Ele não estava gostando nada disso.

– E se ele disse a verdade? Que os minimoys estão em perigo? Você não acha que eu deveria socorrê-los? – persistiu Arquibaldo.

Margarida aproximou-se do marido e segurou suas mãos.

– Arqui, seu neto tem uma imaginação muito fértil. Ele está com tanta vontade de rever sua princesa que seria capaz de inventar qualquer coisa. Como essa história de uma mensagem gravada em um grão de arroz. Você mesmo não disse que os minimoys só escrevem em cima de folhas?

– É, disse – concordou molemente Arquibaldo. – Mas uma aranha não teria conseguido carregar uma folha até Arthur. Um grão de arroz é mais fácil de ser transportado.

Margarida sorriu para o marido. Quando Arqui falava dos minimoys ele também parecia ter dez anos.

– Arqui, o povo minimoy tem mais de mil anos e sobreviveu a todas as catástrofes. E por isso eles estão mais fortes hoje.

– Sim... você não deixa de ter razão – concordou Arquibaldo.

– Eles cresceram com as provações, e com Arthur acontecerá a mesma coisa.

– É verdade, mas... eles são tão pequenos! – respondeu Arquibaldo, com uma voz de machucar o coração.

Margarida beijou-o na testa.

– E você é o menor de todos. Vamos, venha para a cama. A noite é boa conselheira – disse Margarida, encaminhando-se para a escada.

– Eu já vou. Vou ver se tudo está fechado – disse Arquibaldo.

Margarida não respondeu e logo desapareceu no alto da escada.

Arquibaldo apreciou aqueles minutos de silêncio e suspirou profundamente, como se isso o ajudasse a voltar para a realidade. Margarida devia ter razão. Margarida muitas vezes tinha razão. Talvez ele estivesse se preocupando à toa, e aquela mensagem gravada não passasse de uma brincadeira de criança. Uma criança adorável, que transbordava de imaginação.

Resignado, Arquibaldo voltou-se e ia começar a subir a escada quando um estalido chamou sua atenção. Ele olhou para baixo e viu uma mancha branca pequenina, tão pequenina como um grão de arroz. Ele se ajoelhou, pegou o grão com a ajuda da lupa e rolou o cereal na palma da mão até conseguir ler a inscrição claramente:

– "Socorro!" – murmurou, assustado com o que acabara de ler.

Arthur nunca teria conseguido escrever em letras tão minúsculas, nem com a ajuda da lupa. Ele não tinha mais dúvidas: os minimoys certamente estavam correndo perigo.

A mãe de Arthur vomitou outra vez dentro do saco de papel, que já estava bem cheio. O marido resmungou. Só a idéia de que ela poderia sujar o assento tirava sua concentração do volante. Por isso o carro ia em ziguezague, o que deixava sua mulher mais enjoada ainda.

Ajoelhado no banco de trás, Arthur continuava na mesma posição, os olhos fixos na estrada. Mas, exceto pelos rolos de poeira levemente coloridos pelas lanternas traseiras, ele não conseguia ver muita coisa. A mãe sentiu uma nova ânsia de vômito subir pela garganta. Como havia usado o último saco, ela acionou o alerta vermelho.

– Será que podemos dar uma paradinha naquele posto? – perguntou com uma voz estranhamente rouca.

– Mas o tanque ainda está cheio! E esses postos de gasolina no meio do campo sempre cobram mais que os outros – respondeu Francis.

– Não é para encher o tanque, é para esvaziar o meu estômago – explicou a esposa irritada.

O rosto estava branco como uma folha de papel e a mensagem era mais do que clara.

Mais preocupado com os assentos do carro do que com sua mulher, Francis saiu da estrada e dirigiu até o posto. Sua mulher nem esperou o carro parar para abrir a porta e saltar para fora. Ela colocou as duas mãos em cima da boca e saiu em disparada pelo estacionamento na direção dos banheiros. O pai olhou com cara de nojo para os dois sacos de papel cheios de vômito que estavam no chão, na frente do assento do passageiro. Ele fez uma careta, segurou-os com as pontas dos dedos, saiu do carro e foi procurar uma lixeira própria para aquele tipo de dejeto, quase tão perigoso como lixo nuclear.

Arthur ficara indiferente a todas essas idas e vindas. Ele suspirou e observou a poeira baixar na estrada. Aquelas pequenas partículas iluminadas pelas lâmpadas de néon do posto de gasolina que giravam no ar como flocos de neve prisioneiros de uma brisa eram muito bonitas. De repente, como um pé-grande saído de uma tempestade de neve, Alfredo apareceu soltando fumaça pelas ventas. O rosto de Arthur iluminou-se. Seu único amigo, o cachorro mais lindo de todos os cachorros do mundo, seguira-o até ali. Arthur estava espantado, mas, ao mesmo tempo, como poderia duvidar por um segundo sequer do seu companheiro mais fiel? Embora não o soubesse, Alfredo acabara de salvar a vida de seu dono e, provavelmente, a dos minimoys. Arthur saltou para fora do carro, e o cachorro pulou em cima dele.

– Meu Alfredo! – exclamou Arthur, abraçando forte o cão.

Alfredo estava tão cansado que a língua pendia do lado de fora da boca e ele quase não se agüentava mais em pé em cima das patas.

– Foi Deus quem mandou você! O que eu faria sem você? – exclamou o menino segurando a cabeça do cachorro entre as mãos.

Alfredo espichou um pouco as orelhas, como se já lamentasse ter ido até lá.

A mãe acabou de limpar o rosto e examinava o belo vestido florido para ver se não o sujara, quando o marido apareceu na soleira da porta do banheiro e fez uma careta, que poderia ser facilmente traduzida por: "Anda logo, já perdemos tempo suficiente com essas bobagens". A pobre mulher ajeitou o vestido rapidamente e olhou-se pela última vez no espelho. Paciência, ela ficaria igual a um trapo até chegarem em casa.

O casal voltou para o carro. A mãe de Arthur lançou um olhar materno para sua prole. Arthur estava enrolado como uma bola debaixo do cobertor quadriculado.

– Ele está dormindo – sussurrou, para obrigar Francis a fazer a mesma coisa.

– Ótimo. Assim ele reclamará menos durante a viagem – respondeu o pai de Arthur em voz baixa.

– Não diga isso. Ele não abriu a boca desde que partimos – recriminou-o a mãe de Arthur.

Francis disse algo incompreensível, que até parecia inglês.

Arthur começou a roncar debaixo do cobertor. A mãe afinou os ouvidos. Aquele ronco era muito esquisito para um menino de dez anos.

– Será que ele está com algum problema para roncar desse jeito? Talvez fosse bom levá-lo ao médico... – comentou, um pouco preocupada.

– Preste atenção – respondeu Francis, ligando o motor. – Isto sim é um ronco! São oitenta cavalos – exclamou, orgulhoso como um bebedor de cerveja que acaba de soltar um arroto.

capítulo 9

Na casa dos avós de Arthur, quem roncava era Margarida. O assobio nasal fazia estremecer as mesinhas de cabeceira, somava-se à preocupação de Arquibaldo e impedia-o de dormir, o que não facilitava as coisas. Como uma vovozinha de aparência tão frágil era capaz de um barulho daqueles? Só uma panela de pressão no fogo alto conseguiria concorrer com ela. Arquibaldo virou de lado e seu corpo deu alguns fortes solavancos em cima do colchão. O que não teve nenhum efeito em Margarida, a não ser modificar as modulações dos roncos. Ficaram menos monótonos, o que já era alguma coisa.

Arquibaldo olhou para o relógio de pêndulo. Até a grande agulha vibrava ao ritmo dos roncos de Margarida, o que não a impedia de mostrar a hora: faltavam quase quinze minutos para a meia-noite. Quinze minutos para a hora fatídica, a hora quando o raio da lua iluminaria a luneta e abriria a passagem para o mundo dos minimoys. Arquibaldo começou a ruminar as idéias. Era verdade que todos os argumentos que

Margarida apresentara eram excelentes, mas também era verdade que era preciso estar em boa saúde para esse tipo de aventura e que ele já não era mais um jovenzinho. Por outro lado, seria terrível se os minimoys o considerassem um covarde, mas ser considerado um traidor aos olhos do neto seria ainda pior. No entanto, mesmo que não desse a mínima para questões como confiança e traição... e se os minimoys realmente estivessem correndo perigo? Ele ficaria ali, deitado naquela cama, agüentando as vibrações entrecortadas de sua mulher até o amanhecer?

Arquibaldo prendeu a respiração por um instante e depois a soltou em meio a um grande suspiro. Sim. Agüentaria. Fazia anos que ele as agüentava todas as noites, e, mesmo que aquela noite não fosse uma noite qualquer, ela acabaria.

"Amanhã será outro dia", disse para si mesmo, acomodando-se melhor na cama. Já que não conseguia dormir, pelo menos podia ficar confortável. Mas às vezes acontece que o destino vem nos incomodar com um novo elemento perturbador, um dado que muda tudo, justamente quando acabamos de tomar uma decisão. Por exemplo, quando a água quente acaba no momento exato quando decidimos tomar um banho de chuveiro. E foi exatamente naquele momento, quando Arquibaldo acabara de se acomodar confortavelmente na cama, que alguém bateu à porta da casa. E não era uma dessas batidinhas para acordar as pessoas gentilmente, mas era um verdadeiro rufar de tambores, ou uma manada de búfalos apresentando um número de sapateado. Arquibaldo levou um susto, e Margarida sorriu. Vovó enfiara as bolas de algodão tão fundo nos ouvidos que ouvira apenas um murmúrio suave e agradável.

Ela se queixara que os roncos de Arquibaldo não a deixavam dormir fazia duas semanas, e desde então enfiava as bolinhas de algodão nos ouvidos todas as noites. Sempre cortês em todas as circunstâncias, o marido não tivera a coragem de dizer que eram os próprios roncos dela que a acordavam todas as noites. A cortesia era sempre recompensada, e naquela noite ele abençoou aquelas fantásticas bolinhas de algodão.

Arquibaldo levantou-se da cama rapidamente, enfiou os pés nos chinelos e saiu apressado para o corredor. As batidas continuavam tão barulhentas como antes, porém, um pouco mais espaçadas, provavelmente por causa do cansaço de quem batia à porta. Ele amarrou o cinto do roupão e desceu a escada segurando o corrimão para não levar um tombo, algo que costuma acontecer com freqüência quando a gente sai correndo assim. Sem tomar o cuidado de verificar pela janelinha quem viera incomodá-lo àquela hora da noite, ele destrancou a porta e abriu-a de par em par. Por isso, sua surpresa foi ainda maior.

— Arthur? — exclamou, arregalando os olhos ao ver o neto, que parecia não se agüentar mais em pé de cansaço e perdera o fôlego havia algum tempo.

— Mas... o que você está fazendo aqui? E onde estão seus pais? E o carro? — perguntou o avô muito preocupado.

Ocupado em aspirar todo o ar fresco que havia a seu redor, Arthur nem conseguia responder. Arquibaldo colocou as duas mãos nos ombros do neto e segurou-o para que pudesse se recuperar mais rapidamente.

— Vocês sofreram um acidente? É isso? — perguntou receoso.

— Não! Eu fugi! — conseguiu articular o menino finalmente.

Arquibaldo ficou ao mesmo tempo perplexo e assustado com as conseqüências daquele ato.

— Vovô, não temos muito tempo! O raio vai aparecer logo! — avisou Arthur, a quem a falta de fôlego não impedia concatenar as idéias.

Arquibaldo estava fascinado com a tenacidade daquele garotinho. Era bem dele: a mesma cabecinha loura continuava tão teimosa e tão cheia de idéias como sempre. Arquibaldo ainda se lembrava da sua viagem quando também tinha dez anos. Seu pai lhe dera de presente um peixinho vermelho que ganhara em uma barraca de feira. No entanto, nada deixava o jovem Arquibaldo mais infeliz do que ver aquele pobre peixinho passar do vermelho para o verde de tanto dar voltas no minúsculo aquário redondo. Portanto, foi com a maior naturalidade do mundo que ele pôs os pés na estrada para devolver o peixinho ao mar. Mas a polícia de Trouville encontrou o pequeno Arquibaldo e avisou os pais. Nem os pais nem os guardas quiseram acreditar que aquela criança percorrera a pé os 130 quilômetros que separavam a casa do mar. Todos acharam que ele devia ter tido a ajuda de cúmplices, mas naquela época Arquibaldo só tinha dez anos, e nenhum dos seus amigos tinha uma carteira de motorista, muito menos um carro. É claro que o pai lhe passara um sabão, mas o menino não ligara. Ele estava mais preocupado em saber se o peixinho vermelho, que o dono da barraca na feira informara que vinha da China, conseguira reencontrar o caminho de volta para casa. Portanto, não era nenhum espanto que no pequeno Arthur houvesse um pouco de Arquibaldo.

– Vovô! Pára de sonhar! – reclamou o neto, que recuperara o fôlego. – Apanha a luneta, que eu vou avisar os matassalais! Anda logo! – apressou-o e desapareceu na direção da floresta.

Ainda bastante assustado com aquele ritmo alucinante que lhe havia sido imposto bem no meio da noite, Arquibaldo girou sobre si mesmo como um pião e saiu correndo na direção do sótão.

Arthur não precisou correr muito. Ele mal chegara aos limites da floresta quando viu os cinco guerreiros vestidos em roupas de gala vindo ao seu encontro.

– Como vocês sabiam que eu voltaria? – perguntou espantado.

– A noite está silenciosa, e quando você corre você respira mais forte do que uma gazela à espreita do inimigo. Nós ouvimos você quando ainda estava a dez quilômetros daqui – explicou o chefe, caminhando na direção do velho carvalho.

Arquibaldo entrou no sótão com a velocidade de um raio, evitou por pouco pisar em cima do trem, agarrou-se a uma pilha de livros, deu um encontrão na escrivaninha e parou. Em seguida, ele se agachou, ficou de quatro no chão, puxou a mala pesada que estava escondida debaixo do aquecedor e pegou a indispensável luneta.

Enquanto isso, os bogo-matassalais haviam estendido o famoso tapete de cinco pontas, e cada um dos guerreiros se posicionara em uma das extremidades. Arfando, Arquibaldo chegou ao lugar do ritual. Arthur afastou o anão de jardim, que, como sempre, reinava ao pé do grande carvalho. Arquibaldo abriu o tripé e enfiou a luneta rapidamente dentro do buraco que o anão escondia tão bem. Ele verificou as regulagens e olhou para o relógio.

– Meia-noite em ponto! – exclamou, muito orgulhoso de ter cumprido sua missão a tempo e na hora exata.

Todos os rostos voltaram-se para o céu. O raio da lua precisava passar pela luneta para abrir a passagem. E foi nesse instante exato que uma dessas nuvens chatinhas resolveu esticar-se no céu como um gato preguiçoso vendo cachorros latindo atrás do portão.

Arthur mantinha o rosto erguido para o céu escuro. Seria catastrófico se aquela nuvem infeliz não desaparecesse no próximo minuto! Todo o destino de um povo estava em jogo por causa daquele maldito aglomerado nebuloso, que via tudo com a mesma indiferença como quando deixava cair seu primeiro floco de neve. Arthur espiou pelo canto do olho para o chefe dos guerreiros, mas o rosto estava tão fechado como uma ostra que ficou fora da água durante 22 horas. Era impossível saber o que estava pensando. Arthur precisava suportar o insuportável, um minuto inteiro de silêncio, sessenta segundos tão longos que ele poderia ter contado sua vida inteira em sessenta capítulos.

O céu não ia abandoná-lo justo agora! Não depois de ter fugido dos pais, percorrido mais de vinte quilômetros a pé no meio da noite, abandonado seu cachorro, isso sem falar na mãe. Quantas vezes não ouvira dizer que o esforço é sempre recompensado e que a tenacidade é uma das melhores qualidades? Arthur decidiu manter-se confiante. Mas, como uma das características do destino é ser totalmente imprevisível, a nuvem esticou-se um pouco mais e deixou a lua sem nenhuma possibilidade de mostrar sua bela cabeça redonda. Nada de lua. Nada de raio. Nada de passagem. Nada de minimoy. Nada de Selenia. O que resumia a situação.

Arthur continuava com o nariz apontado para o céu, completamente atônito. Ele, que gostava tanto da natureza, estava sendo traído por ela. O menino não sabia mais o que pensar. Arquibaldo deu uns tapinhas nervosos no relógio para ter certeza de que o instrumento não lhe estava pregando uma peça. Mas não, não estava, e seu fiel tique-taque indicava exatamente meia-noite e um minuto. O que significava que a aventura terminava ali, antes mesmo de começar. Arthur estava estupefato e exausto. Ele nem tinha coragem de levantar os braços, um gesto que costumava fazer quando queria expressar sua impotência. O chefe dos guerreiros também estava muito chateado com aquela situação. Deixar seus irmãos minimoys sucumbir não lhe parecia uma idéia lá muito encantadora. Ele sabia que era preciso respeitar os movimentos da natureza e que aquela nuvem devia ter uma boa razão para estar ali – o que não o impediu de amaldiçoar durante alguns segundos aquela estúpida nuvem de algodão, que ele não hesitou em xingar de nuvem de chumbo.

As pernas de Arthur começaram a tremer. O cansaço e a decepção haviam sido fortes demais, e seu corpinho não agüentava mais em pé. Foi então que o grande guerreiro pronunciou algumas palavras na sua língua natal, que somente Arquibaldo entendeu.

– O que está acontecendo? Por que ficaram tão agitados de repente? – perguntou Arthur.

Arquibaldo pigarreou, como se faz muitas vezes quando se quer anunciar uma notícia sem ter muita certeza se ela é boa ou ruim.

– Eles vão fazer você passar pelas raízes – respondeu o avô.

Intrigado, Arthur olhou para os guerreiros: todos estavam desatando os pedaços de raízes que haviam amarrado em volta das cinturas. O chefe pegou as cinco raízes, esticou-as e juntou-as até formar o que parecia ser uma longa trança. Em seguida, aproximou-se de Arthur e do alto dos seus dois metros e trinta e nove centímetros fixou seus olhos nos do menino.

– Nós utilizamos muito raramente esse processo para passar para o mundo dos minimoys. Somente em casos de urgência. E este caso parece ser urgente – explicou o chefe calmamente para Arthur, começando a trançar as raízes de cima para baixo.

– Mas... não é muito perigoso? – perguntou Arquibaldo preocupado, mesmo se soubesse que sua pergunta não mudaria o curso das coisas.

– Toda aventura tem sua parte de perigo, Arquibaldo, e toda experiência tem sua parte de desconhecido – respondeu o chefe tranqüilamente.

– Claro que tem – respondeu Arquibaldo para se acalmar, embora os dentes já começassem a se entrechocar de medo só de imaginar que o neto poderia desaparecer para sempre.

Depois que as raízes estavam firmemente enroladas em volta de Arthur, o chefe dos bogo-matassalai pegou um pequeno frasco que carregava na cintura. Pelo cuidado com que abriu o recipiente, ele não devia usá-lo com freqüência.

– Você vai para o mundo dos minimoys, Arthur. Mas lembre-se: você terá que voltar pela luneta antes do meio-dia sem falta, senão ficará preso dentro de seu corpo minimoy para sempre – preveniu o chefe, muito sério.

Evidentemente que a idéia de passar o resto da sua vida ao lado de Selenia era uma possibilidade que deixou Arthur encantado. Em contrapartida, imaginar que nunca mais veria Arquibaldo, Margarida, seu cachorro Alfredo, sua mãe e até seu pai, por mais rabugento que fosse, ao imaginar tudo isso, ele começou a entrar em pânico. Mas o guerreiro havia enrolado os cipós em volta dele com tanta rapidez até deixá-lo tão atado como um novelo de lã que ele não tinha escolha.

O chefe aproximou o frasco bem devagar por cima da cabeça de Arthur, pronunciou alguns sortilégios em um dialeto raríssimo e derramou algumas gotas em cima do crânio do menino. Parecia um batismo. Só que, nesse caso, a água não era benta, mas mágica. O líquido escorreu a toda velocidade pelas raízes como uma serpente luminosa que se enrosca em volta da sua presa, e deixou na sua passagem um rastro de estrelas cintilantes de mil e uma cores. Maravilhado com tanta beleza e magia, Arthur estava boquiaberto. Mas, quando percebeu que as raízes começavam a encolher sob o efeito do líquido, e ele junto com elas, seu sorriso também encolheu. Arquibaldo cobriu o rosto com as mãos. Ele já vira aquele ritual antes, porém, nunca com o neto.

Arthur encolhia como um espartilho apertado por Hércules em pessoa. As raízes se retorciam, se enredavam, se contorcionavam e se entrelaçavam em torno daquele corpinho, que se tornava cada vez menor à vista de todos, como uma garrafa de plástico que se amassa para tirar o ar antes de jogá-la no lixo.

– Fique tranqüilo. As raízes absorvem apenas o líquido do seu corpo, elas não tocam no resto – explicou o chefe como se cozinhasse um cogumelo.

Arthur quis fazer um comentário, mas ele não conseguia mais mexer nem um músculo e sentia-se sufocar. As raízes o cobriam dos pés à cabeça. Dentro em pouco não se conseguiria nem mais ver a boca do menino.

– Está tudo bem, não é mesmo? – perguntou Arquibaldo preocupado, quase desmaiando.

– Nós nunca fizemos o ritual com uma criança, mas Arthur é forte. Ele certamente resistirá – respondeu o chefe, com a mesma franqueza de sempre.

– Aaah... – respondeu o avô, como se aquelas palavras o tivessem tranqüilizado.

Mas ele não devia estar nada tranqüilo, porque desmaiou e caiu sentado, como uma maçã madura que despenca do galho Infelizmente, os bogo-matassalais não tinham tempo para cuidar dele e, além do mais, maçãs nunca fizeram mal a ninguém. Maçãs são ótimas.

Naquele momento, Arthur era a única prioridade. Agora ele estava completamente invisível. As raízes haviam se enrolado em volta de todo o corpo e formavam um único liame, como se fosse uma trança vegetal fina e comprida.

Um dos guerreiros segurou com as duas mãos a vara de bambu que usava como bengala e começou a bater no chão à procura de um pedaço de terra mais macio. Como o solo era muito rochoso, ele foi obrigado a afastar-se da luneta que apontava para a entrada da cidade dos minimoys. O guerreiro não conseguia encontrar um lugar onde fincar o bambu e se afastava cada vez mais.

Os outros guerreiros se juntaram à busca e começaram a cutucar a terra com o pé. O chefe teve mais sorte que seus companheiros, ou sabia melhor do que eles onde procurar, porque pouco depois encontrou um pedaço de chão mais fofo. O guerreiro que segurava a vara de bambu aproximou-se, ergueu-a com as duas mãos e enfiou-a com força cerca de sessenta centímetros no chão.

Os guerreiros olharam para o chefe, que parecia satisfeito. Ele pegou Arthur, que estava todo enrolado na trança e que agora tinha a grossura de um fio de arame, e enfiou-o dentro da vara de bambu. Quando terminou de enfiá-lo até o fim, o chefe dos bogo-matassalai pegou outro frasco, só que este era cor-de-rosa, e murmurou alguns sortilégios, que poderiam ser traduzidos por: "Mesmo a flor mais bela sempre precisa de água", e derramou todo o conteúdo do frasco dentro da vara de bambu. O líquido escorreu ao longo da trança e, enquanto descia, cobria-a com uma fina camada de gelo. Parecia uma cobertura de açúcar de um bolo de confeiteiro.

O chefe deu uma ordem, e o guerreiro desferiu outra pancada no bambu, que se enfiou um pouco mais na terra.

capítulo 10

Na outra ponta, a cerca de um metro abaixo do solo, um bambu enorme, que, visto daquela escala, parecia ter um diâmetro colossal, despontou no teto de um grande salão multicolorido. Pela mobília, devia ser um quarto de dormir, porque havia apenas uma cama, que ocupava dois terços do aposento. As paredes estavam cobertas de tecidos aveludados; aqui e ali se espalhavam almofadas de seda estampadas com motivos florais, e edredons imensos recheados com penas de ganso formavam um carpete mais espesso do que uma fatia de pão de fôrma.

Antes da entrada intempestiva daquele enorme bambu que destruíra o teto, havia cerca de dez jovens criaturas confortavelmente instaladas no quarto. As moças pertenciam à tribo dos koolomassais, os habitantes da Quinta Terra. Cada uma era mais bonita que a outra, e todas estavam ocupadas: uma metade pintava as unhas; as outras faziam tranças nos cabelos e os enfeitavam com conchas.

O líquido que escorrera dentro do bambu chegou ao seu destino, impregnou todas as pontas das raízes, e um buquê de flores magnífico explodiu em todas as cores. Havia flores de todas as espécies e todas as formas. Apenas uma permaneceu fechada, como um grande botão vermelho prestes a desabrochar. (O que, aliás, não demoraria, porque dentro dele algo se remexia tanto que o botão já não agüentava mais.) Ele finalmente explodiu como um balão, e Arthur caiu em cima da cama como uma flor no meio das hastes formadas pelas moças.

Ele recuperou-se rapidamente do susto, cuspiu algumas penas de ganso e constatou que a transformação funcionara perfeitamente. Arthur era um minimoy outra vez: as mãos só tinham quatro dedos, as orelhas estavam pontudas e cobertas por uma penugem suave, e ele não media mais do que alguns milímetros. Se antes as pessoas diziam que ele era da altura de três maçãs, agora seriam necessários no mínimo três meninos iguais a ele para atingir a altura de uma maçã. Depois de se examinar atentamente durante mais alguns instantes, Arthur ficou muito satisfeito com o que viu e sorriu para todas aquelas moças, boquiabertas e em estado de choque por causa daquela aparição espantosa.

– Bom dia, meninas! – cumprimentou-as Arthur, acenando com a mão para quebrar o gelo.

Todas as meninas em questão começaram a gritar ao mesmo tempo. Ele devia ter dito a coisa errada, mas sua experiência em matéria de mulheres ainda era limitada. A única pessoa do sexo feminino que ele conhecia era uma princesa – o que, aliás, devia interferir demais nas estatísticas. Arthur tentou desculpar-se pelo incômodo, mas a gritaria, digna de um filme de terror, abafou suas palavras.

– São apenas flores... – tentou explicar inutilmente.

Nesse instante, a porta do quarto explodiu, e o dono da casa entrou brandindo uma faca de duzentas funções. "Ele vai pagar caro! Esse intruso que ousou forçar a porta do meu harém vai pagar caro!", podia-se ler entre as rugas que marcavam a testa daquele atleta. De repente as rugas desapareceram. Ele franziu um pouco mais os olhos, e um amplo sorriso deixou à mostra duas fileiras de dentes incríveis.

– Arthur?! – exclamou entusiasmado o koolomassai ao reconhecer o amigo.

Foi a vez de Arthur franzir os olhos. Ele não o reconheceu imediatamente, mas, considerando tudo o que acabara de passar, ninguém o levou a mal. Arthur tornou a olhar para o koolo e finalmente reconheceu-o pelo chapéu.

– Max?! – quase gaguejou, ainda meio em dúvida.

– Sim! Sou eu mesmo! – respondeu Max, agarrando Arthur como se o menino fosse um pãozinho fresquinho. – Que bom ver você de novo, seu danado!

Max deu-lhe uns tapas nas costas como se estivesse tirando a poeira de um velho tapete. Era Max mesmo. Ele continuava com a mesma voz e fazendo os mesmos gestos. Os dois tinham se conhecido durante a primeira viagem de Arthur, quando ele e Selenia haviam aterrissado naquele bar horroroso administrado por Max, onde haviam encontrado Darkos, o filho de M., que, graças à sua estupidez, os conduzira até o antro do Maldito. Felicíssimo de ter aterrissado em território amigo, Arthur abriu um grande sorriso.

– Puxa, você não perde tempo, hein?! Você não tem vergonha de vir à minha casa e roubar todas as minhas mulheres? A princesa não chega para você? – reclamou Max brincando, mas Arthur ainda era muito jovem para brincar sobre esses assuntos.

– Não é nada disso! – respondeu Arthur. – Eu vim parar aqui por acaso. O guerreiro bogo-matassalai estava procurando um pedaço de chão mais macio e...

– ... e ele encontrou o lugar mais macio de toda a Quinta Terra! – concluiu Max antes que Arthur conseguisse terminar a frase. – Queridinhas, este é Arthur, o príncipe das Primeiras Terras – disse, elevando a voz.

A apresentação chamou a atenção, e todas as moças, uma mais encantadora do que a outra, o cumprimentaram. Era um verdadeiro concurso de batidas de cílios.

– Arthur, permita-me apresentar Lilá, Loulá, Leilá, Lolá, Liulá, Loilá e Lalá! – anunciou Max, todo orgulhoso.

– ... U-lá-lá! – respondeu Arthur, que não conseguira pensar em outra coisa para expressar o que sentia.

Max começou a rir, e as sete moças deram risadinhas como se fossem pequenas camundongas.

– Sinta-se em casa, meu rapaz – disse Max e estalou os dedos.

Ao ouvir o sinal, Leilá aproximou-se de Arthur e cobriu seu rosto com um pano quente, enquanto Lolá e Loulá tiravam seus sapatos. Liulá e Lilá se posicionaram atrás dele e começaram a fazer uma leve massagem nos seus ombros. Elas eram especialistas em massagem. Lalá, por sua vez, ficou parada na frente de Arthur e sorriu. O sorriso de Lalá era famoso. Ele era tão relaxante que as pessoas muitas vezes o comparavam com uma lua de verão. Um sorriso de Lalá equivalia a uma semana de férias. E seus dois olhos amendoados eram tão bonitos que qualquer um mergulharia neles com prazer. Mas Arthur não tinha uma semana de férias, nem tempo para mergulhar nos olhos de ninguém. Ele murmurou uma desculpa qualquer e começou a aprumar o corpo, mas Lalá empurrou-o para trás, e ele afundou novamente nas penas de ganso.

– Joca Flamejante para todos! – ordenou Max, com um sorriso de comercial de pasta de dente.

Quando Max sorria não se tinha a impressão de tirar uma semana de férias, mas de passar um ano na prisão. As moças brindaram umas com as outras e beberam o Joca Flamejante como se estivessem tomando um copo de leite. Arthur segurava o copo longe dele porque a espuma e a fumaça o incomodavam. Ele estava deitado entre aquelas sete criaturas magníficas em cima de uma cama tão macia e tão relaxante como a pior novela de televisão. Arthur pensou que muitos colegas ficariam felizes em estar no seu lugar.

Mas quem estava com a cabeça em outro lugar era ele. Provavelmente encostada no ombro de Selenia, sua princesa adorada, que ele viera salvar. Arthur sentou, entregou o copo de Joca Flamejante para Leilá e tentou escapar do sorriso devastador de Lalá – que, é claro, começava a se apaixonar um pouco por nosso herói. Afinal, algumas sardas e um pedigree de príncipe tornam qualquer homem irresistível. Porém, aquele homem ainda era uma criança, e uma criança com uma missão a cumprir é mais teimosa do que uma mula correndo atrás de uma cenoura.

– Max, muito obrigado por me receber tão bem, mas está acontecendo algo muito importante. Os minimoys estão em perigo – disse Arthur, tão sério como um agente funerário.

É claro que a notícia estragou um pouco o clima de festa. Sem saber o que fazer, as moças voltaram-se para Max.

– Os minimoys estão em perigo? Você tem certeza? Estranho, porque ainda ontem eu entreguei uma centena de flores para a cerimônia anual da Margarida para eles – comentou o dono do lugar com ar de espanto.

Arthur contou sobre a aranha e a mensagem, o grão de arroz que escapulira da mão de Arquibaldo na sala, o pânico que se seguiu e a corrida desenfreada na noite para chegar em casa.

– E depois ainda teve aquela maldita nuvem! Foi impossível conseguir um raio de lua! Os guerreiros me fizeram passar pelas raízes e foi assim que cheguei aqui. Lamento muito por causa do teto – explicou Arthur rapidamente.

Max não entendera tudo o que o amigo contara. Ele era pouco habituado àquelas viagens interdimensionais. Ele refletiu um momento. M., o Maldito, havia sido posto para escanteio na aventura precedente, e ele realmente não conseguia entender o que poderia ameaçar os minimoys a tal ponto. Nenhum transbordamento de nenhum curso de água fora assinalado, nem havia qualquer desmoronamento à vista. Mesmo o verão havia sido bastante clemente naquele ano e parecia estar disposto a ceder gentilmente seu lugar para o outono.

– Você tem certeza do que está dizendo? – perguntou Max.

– Terei quando encontrar Selenia, Betamecha e o rei em perfeita saúde – respondeu Arthur, decididíssimo em ir até o fim. – Você pode me levar até a aldeia? – perguntou, com uma vozinha irresistível.

Max parecia ter ficado um pouco contrariado. Considerando as roupas alegres que as moças usavam, por certo ele havia planejado outra coisa para aquele dia. Mas a situação parecia suficientemente importante para levá-la a sério.

– Está bem. Eu levo você até a aldeia, mas depois vou voltar logo. Ainda tenho muito trabalho pela frente hoje – concordou Max, um pouco aborrecido.

– Que trabalho? – perguntou Arthur, que não conseguia nem por um segundo imaginá-lo trabalhando.

Max passou o braço por cima dos ombros do menino e afastou-se com ele um pouco das moças.

– Hoje é dia dos maridos, e eu preciso passar o dia com essas senhoras. Elas vão me contar todos os seus problemas e eu preciso ouvi-las e balançar a cabeça, como se entendesse tudo, e depois prometer que cuidarei de tudo, entendeu?

Arthur não entendera nada. Ele olhou para as moças, que eram mais acolhedoras do que um ramo de violetas, e não conseguia perceber que tipo de problemas elas poderiam ter.

— Ah! Problemas de todo tipo, pode crer — respondeu Max, levantando os olhos para o teto. — Depois, e isto é o principal, eu preciso tranqüilizá-las, reconfortá-las, afagá-las... viu?

Arthur via cada vez menos e precisaria esperar mais alguns anos até a visão melhorar.

— Eu explico no caminho — disse Max para encurtar a conversa.

Como se sua pessoa não fosse suficientemente chamativa, ele colocou um colete multicolorido e em seguida empurrou Arthur na direção da saída.

— Comportem-se, garotas! Vou levar meu amigo Arthur e volto logo.

Lalá acompanhou a partida do seu príncipe com uma expressão tão triste como uma rosa que perde sua primeira pétala. Arthur sentiu uma pontada no coração e, por um instante, hesitou.

— Esquece. E não olhe para os olhos dela senão ela hipnotiza você. Um dia eu vi uma cobra se suicidar por causa dela — preveniu-o Max, levando-o até a porta.

Arthur sentia o poder que Lalá tinha sobre ele e desviou o olhar com dificuldade.

— Se ela sorrir para você mais do que cinco minutos você não saberá mais como se chama... por falar nisso, como é mesmo seu nome? — perguntou Max, um pouco preocupado.

– Eu... Arthur, Arthur Nanicalto.

– Muito bem! – disse Max, satisfeito com a resposta. – E agora vamos. Suba no carro!

O carro com a cabeça de carneiro seguia na noite com a mesma lentidão de sempre. A boa notícia era que a mãe de Arthur não estava mais enjoada, porque o marido concordara em dirigir ainda mais devagar. A má notícia era que naquela velocidade eles poderiam ter ido a pé. O motor ronronava tranqüilamente, e o passageiro deitado no banco traseiro, escondido debaixo do cobertor, também.

– Estou começando a ficar com frio – queixou-se a mãe de Arthur.

Mas o marido nem pensava em ligar o aquecimento, pois isso gastava bateria, estragava as resistências, consumia mais gasolina, ou seja, custava uma fortuna. Ele poderia citar uma lista infinita de razões como essas para não ligar o aquecimento.

– Pegue o cobertor do garoto, ele está dormindo o sono dos justos. Não vai sentir a diferença – sugeriu Francis.

A mulher teve alguns escrúpulos para tirar o cobertor do filho, mas ele realmente dormia profundamente. Além do mais, depois daquele início sofrido da viagem ela também tinha direito a um pouco de conforto. Ela puxou o cobertor e deu um grito de pavor. Francis empertigou-se e rodou velozmente o volante para evitar um acidente, uma colisão com Deus-sabe-o-quê naquela estrada deserta.

– O que deu em você para gritar assim? – rosnou o marido quando se recuperou do susto.

– Arthur... ele... ele virou um cachorro! – respondeu a mulher apavorada.

Francis ficou praticamente em pé e pisou fundo no freio sem pensar no desgaste da borracha. Quando olhou para trás, ele descobriu Alfredo, que preferiu abanar o rabo a dizer qualquer coisa. Era melhor fingir que estava contente de ver aqueles dois que não pareciam nem um pouco alegres em vê-lo.

– Ora... mas não é Arthur! É Alfredo! – reclamou irritado.

– O quê? Ah, desculpe, é que eu não consigo enxergar muito bem nessa escuridão! – disse a mãe de Arthur, ajustando os óculos, desorientada porque havia confundido o filho com um cachorro.

"Mas, se o cachorro está aqui, onde está Arthur?", perguntaram-se os pais de Arthur de repente. Francis procurou atrás dos bancos, debaixo dos assentos, desceu do carro, deu três voltas ao redor do veículo, e nada. E, principalmente, ninguém.

– Será que ele saiu voando? – rosnou o pai de Arthur, que ficara irritadíssimo com aquele novo passe de mágica.

Ele não estava gostando nada daquela história. Francis não gostava de mistérios. Nem de surpresas. Ainda menos das surpresas vindas de sua mulher. Ele nunca esqueceria o dia quando ela avisara que tinha uma notícia maravilhosa para dar a ele. Ele imediatamente perguntara do que se tratava e exigira que a mulher não omitisse nada. Quando soube que a notícia maravilhosa era a chegada de um bebê, ele não parou de perguntar se era um menino ou uma menina.

— Eu não sei! — respondia a pobre mulher sem parar, porque naqueles tempos de antigamente ainda não se podia saber antes do parto se o bebê seria um menino ou uma menina.

O pai do futuro Arthur não acreditara em uma só palavra. "Como ela pode carregar algo dentro dela e não saber o que é?", não parava de se perguntar o dia todo. Ele também tinha certeza que seus pais faziam parte da conspiração e também não os deixava em paz com suas perguntas. Quando Arthur nasceu o alívio foi geral.

— Será que ele voltou para a casa de Arquibaldo? — perguntou a mãe de Arthur.

Francis refletiu e aceitou a explicação apenas porque não tinha outra.

— Mas é claro que ele voltou para a casa de Arquibaldo! — concordou com uma má-fé evidente. — O único problema é saber quando ele saltou do carro em movimento — acrescentou, muito seguro de si.

Se Rouletabille tivesse um assistente como Francis, ele teria levado cem anos para decifrar o Mistério do Quarto Amarelo.

Francis resolveu tomar nas mãos as rédeas dos acontecimentos — nesse caso específico, o volante — e voltar para a casa de onde haviam saído fazia apenas uma hora.

capítulo 11

Max entrou na garagem. O lugar era muito espaçoso, e no seu interior cabia qualquer tipo de veículo. Naquele momento havia dois gâmulos, um com e um sem corcovas, sendo que este último era da classe dos grandes transportadores; uma Limusi-Nemata, muito prática para as viagens em grupo; e um caranguejo de combate em cima do qual Max soldara algumas lanças de defesa. O caranguejo era tão sensível que começava a andar assim que se tocava na chave de ignição do motor. Max chamava-o de Omar. O que era o máximo para um caranguejo.

– Vamos pegar o besourinho – disse Max, que não tinha a menor intenção de passar despercebido durante a viagem.

Ele levantou uma folha e mostrou uma joaninha magnífica. Max achara as bolinhas pretas um pouco tristes e a repintara. Agora ela era cor-de-rosa com bolinhas amarelas e azuis. De fato tinha ficado bem mais alegre. Ela parecia um táxi da Jamaica.

– Não vamos chamar atenção com isso? – perguntou Arthur, um pouco preocupado com a idéia de passar por todas aquelas terras desconhecidas dentro de veículo como aquele.

– Claro que vamos! Senão para que serve o 'cruising'? – respondeu Max, sorrindo de uma ponta a outra das orelhas.

– O... quê? Que cozinha? – perguntou Arthur bobamente.

– O cruuu-i-sssinn-g! – repetiu Max no sotaque da terra.

– A gente sobe no carrão, desce pela avenida principal, depois volta, depois desce, depois volta, e assim por diante até dar uma carona para uma bela passageira ou o combustível acabar – explicou, morrendo de rir.

Arthur coçou a cabeça e olhou para aquela pobre joaninha, que, envergonhada com as tolices que seu dono dizia, daria de ombros se pudesse, mas limitou-se a soltar um suspiro.

Max abriu uma grande cesta, de onde tirou dois bichos-da-seda e começou a esticá-los alegremente. Os dois invertebrados iluminaram-se na mesma hora. A bela luz violeta justificava perfeitamente seu apelido de 'bicho-lampo-da-seda'.

Max apoiou um dos joelhos no chão e colou as duas barras de luz debaixo de seu 'veículo'.

– Assim a gente enxerga melhor a estrada – disse para seu passageiro, que estava cada vez mais espantado.

Max montou nas costas da joaninha e sentou-se no selim de dois lugares gravados com suas iniciais. Como sempre, Arthur limpou primeiro os pés para depois subir no animal. Um leve golpe do calcanhar, e a joaninha começou a trotar em cima das seis patas. O besourinho saiu da garagem e entrou por uma ampla avenida subterrânea. Para a grande surpresa de Arthur a rua estava apinhada de gente. O besourinho enfiou-se no meio do trânsito e começou a avançar a dois quilômetros por hora. A maioria daquela multidão pertencia à família dos koolomassais, que eram facilmente reconhecíveis pelos cabelos ao estilo rastafári e por sua forma de caminhar extremamente elástica que dava a impressão de estarem pisando em cima de chicletes. Enquanto todos os outros pedestres carregavam alguma coisa, os koolomassais eram os únicos que passeavam com as mãos enfiadas nos bolsos. Talvez porque fossem os únicos que nunca trabalhavam, pois estavam sempre muito ocupados em curtir a vida. A maioria dos koolos estava sentada nas beiradas das calçadas, ou nos terraços dos barzinhos, que pululavam como cogumelos depois da chuva. Uns fumavam cigarros de raízes, outros bebiam Jocas Flamejantes, e outros ainda olhavam os carros que passavam na rua, cada um mais extravagante do que o outro.

— Isso é o que eu chamo de 'cruising', garoto! Uma das mãos no volante, um sorriso nos lábios e, principalmente, dirigir bem devagar para ter tempo de ver e poder ser visto! — explicou Max, tão feliz como um salmão nadando contra a correnteza.

Mas na Avenida Cruising não havia somente koolos. Havia também muitos balongo-botos, os habitantes de orelhas compridas da Terceira Terra. Em geral, eles costumavam ir à cidade para serem tosados, mas ainda não era época. Enquanto aguardavam, eles limpavam as ruas com as orelhas compridas para ganhar algum dinheiro.

— Não parece muito higiênico — comentou Arthur, que tinha o hábito de limpar as orelhas, e não limpar *com* as orelhas.

Seu comentário devia-se apenas a sua ignorância, porque ali todos sabiam que os balongo-botos tinham um sistema de autolimpeza extremamente sofisticado, que limpava constantemente suas orelhas. Na verdade, tratava-se de uma camaradagem animal: minúsculas pulgas, chamadas *atomik bombers*, comiam toda a sujeira colhida pelos balongo-botos; depois elas a transformavam em bolinhas que envolviam com uma saliva espessa, como se fosse um verniz. Quando o estômago delas estava cheio dessas bolinhas, as *atomik bombers* as vendiam para algumas minhocas que viviam em certos lugares mal-afamados, tal como as penji-marus, que eram loucas por essas pequenas guloseimas, que outros consideravam lixo. Os balongo-botos e suas pulguinhas se davam muito bem, as ruas ficavam limpas, e as minhocas enchiam a barriga.

Arthur também ficou muito surpreso quando viu alguns velhos seídas aposentados estendendo a mão para pedir migalhas de belicornas (o doce nacional, como todos sabem) aos transeuntes.

Os carros diminuíam a marcha quando passavam por eles e até mesmo a joaninha foi obrigada a parar por alguns momentos. De repente, todos abriram passagem a um grupo de perlananas que atravessava a avenida. Em todas as Terras não havia inseto mais belo do que os perlananas. Eles eram alongados como amêndoas, brilhantes como diamantes, a boca tinha a forma de um coração, e os olhos imensos eram tão claros como duas gotas de água cristalina. O mais impressionante, porém, era como caminhavam. Arthur jamais vira algo tão gracioso. Eles fariam empalidecer uma pantera-negra e provocariam inveja em uma bailarina do corpo de baile da Ópera de Paris. Ao seu lado, até um galgo pareceria um pedregulho.

– E aí? Está gostando do cruising? – perguntou Max, achando graça na expressão espantada de seu passageiro.

Arthur voltou lentamente para a realidade.

– Muito bonito, mas se continuarmos nessa velocidade chegaremos tarde. E se chegarmos tarde talvez será tarde demais – respondeu Arthur.

– Você tem razão. Depois a gente continua.

Max puxou uma cordinha, e a carroceria do pequeno besouro abriu-se ao meio e liberou as asinhas. A joaninha elevou-se por cima do engarrafamento e partiu em um vôo rasante em meio a uma grossa nuvem de poeira, o que lhe valeu uma onda de insultos que a acompanhou até o final da avenida.

– Cruuuiisssinnng! – gritou Max enquanto passava por cima das cabeças, só para irritar mais um pouco.

Cruising vem da palavra 'cruzar'. O que o pai de Arthur não estava fazendo, porque ele não cruzava com ninguém pelo caminho. Ele também não ia no ritmo certo, porque, dessa vez, o carro ia a toda velocidade: ao galope de oitenta cavalos.

– Mais devagar, querido! Estou ficando enjoada! – queixou-se sua mulher com as mãos agarradas no painel do carro.

– Quando eu vou devagar você também enjoa! – revidou Francis, muito concentrado ao volante.

Não deixava de ser simpático ver o pai preocupado com o filhote, porque, de tanto Francis gritar com Arthur, as pessoas acabavam se perguntando se ele realmente gostava do menino. Talvez aquele homem não soubesse como lidar com o filho, mas a fibra paterna certamente estava ali. Amar é algo que se aprende, como se aprende a andar de bicicleta, ou amarrar o cordão do sapato. É preciso que alguém, ou algo, nos guie, nem que seja um coração. Talvez o pai de Arthur tivesse sido mal-amado pelos pais, ou eles o amaram de um jeito torto, o que acabara deixando Francis sem muita habilidade para demonstrar o próprio amor.

De qualquer forma, o fato de ele dirigir como um louco no meio da noite traduzia perfeitamente a afeição que sentia pelo filho. Nós sempre demonstramos o quanto gostamos de uma pessoa quando achamos que vamos perdê-la. Mas teria sido melhor se Francis tivesse prestado atenção na estrada. Um acidente acontece mais rápido do que se pensa. Por um lado, o fato de sentir aquele amor borbulhar novamente no fundo do coração era bom sinal, mas também era perigoso porque perder a concentração durante alguns segundos quando se dirige um bólide de oitenta cavalos a mais de 130 quilômetros por hora pelas estradas rurais nunca resultara em boa coisa. Ainda mais que Francis se desconcentrou no pior momento: aquele que um rebanho de cabras escolhera para atravessar a estrada. Nem adianta querer saber quem foi o imbecil irresponsável que deixou a porteira aberta. O rebanho estava ali, bem no meio do asfalto. Como nesses casos tudo acontece muito rápido, recapitularemos todos os acontecimentos bem devagar para entender como foi que tudo aconteceu.

Francis ficou em pé em cima do pedal do freio. As rodas soltaram um rangido superagudo e travaram. A mãe de Arthur bateu o rosto em cheio no pára-brisa e começou a gritar. A gritaria insuportável daquela mulher assustou as cabras, que empacaram no meio da estrada. Francis girou o volante para todos os lados, as rodas travadas começaram a deslizar na poeira. Como todos sabem, um carro nunca pára em cima de uma estrada escorregadia quando as rodas estão travadas. O carro continuou deslizando irremediavelmente para cima das cabras, que ficaram tão afobadas como se farejassem um lobo nas vizinhanças. Mas o grande bode, que era o chefe do rebanho, não tinha medo do lobo. Enquanto o resto do bando corria em disparada para todos os lados, o chefe permaneceu no mesmo lugar, bem visível. Agarrado ao volante, os olhos assombrados e saltados das órbitas, certo de que não conseguiria evitar o choque, Francis não se mexeu. O bode entreviu o rosto do inimigo no meio da luz superpoderosa dos faróis. Não era um lobo. Era um carneiro com uma cabeça prateada. O emblema da marca era uma imitação perfeita do animal e a prova disso era que ele podia enganar até um bode de carne e osso.

O animal (o de verdade) arriou as patas traseiras, abaixou a cabeça e apontou os chifres para frente, pronto para o combate. Seu adversário era dez vezes maior do que ele, mas nosso bode era orgulhoso e não falharia na frente das cabras. Francis fechou os olhos. Os dois animais se entrechocaram, chifres contra chifres. Normalmente, nesse tipo de combate os adversários costumam dar cabeçadas um contra o outro durante várias horas até um dos chifrudos desistir. Mas aqui um ataque foi suficiente. O carro ficou destruído. Os faróis vesgos brilhavam tortos, o radiador não parava de soltar fumaça. Sem falar nos vazamentos debaixo do carro. O bode, por seu lado, estava meio tonto. E não era para menos.

– Desculpe! – sussurrou Francis, que só agora percebia que ignorara a placa "Cuidado – Animais na pista".

O bode cambaleou um pouco e depois voltou à realidade. Deu um grande espirro e encheu o peito novamente. Sua vitória havia sido magnífica. Aliviadas, as cabras começaram a balir e desapareceram na floresta escura que bordejava a estrada. Francis não se movera. Os olhos continuavam tão saltados das órbitas como antes, e as mãos mantinham-se crispadas no volante. Se tivesse os meios financeiros, ele teria comprado um Jaguar, e a pantera que ficava na frente, em cima do capô, teria engolido com uma única dentada aquele animal que Francis julgava estúpido e que só servia para fazer queijo. Francis fechou um pouco a mandíbula, que continuava pendurada e mole, e jurou aos seus grandes deuses que nunca mais poliria aquele maldito carneiro, por mais importante que fosse o emblema.

capítulo 12

O besourinho de Max não corria nenhum risco de topar com um bode naquela altitude. Ele voava na escuridão da noite acima do solo, que os bichos-lampo colados sob o carro iluminavam com muito cuidado. Era bonito ver o capim surgindo assim na escuridão por alguns instantes. A imagem lembrava um templo esquecido que se descobre por acaso à luz de uma tocha. Arthur costumava assistir na televisão aos programas que falavam sobre essas coisas: os segredos da Grande Pirâmide, a cidade submersa de Atlântida, o templo esquecido de Angkor. Todas essas aventuras o faziam sonhar. Mas ele jamais imaginara que um dia ele também estaria no centro da aventura mais incrível de todas.

Arthur, mil anos de idade e dois milímetros de altura, voava por cima de um jardim a bordo de uma joaninha ao lado de um koolomassai que tinha sete mulheres. O que era certamente muito melhor do que as pirâmides.

Max puxou um pouco as rédeas, e a joaninha mergulhou na direção do solo. Antes que Arthur tivesse tempo de sentir medo, o besourinho enfiou-se entre dois talos de capim e entrou por uma fresta de uma antiga canalização. Era preciso conhecer realmente muito bem o lugar para dirigir daquele jeito. A joaninha seguiu em frente, oscilando dentro do cano e projetando sua bela luz roxa ao longo das paredes. De acordo com a tradição, Max dirigia apenas com uma das mãos. Nem pensar em dar uma de estressado agarrado ao volante. Quando se é um koolomassai, a regra manda que se mantenha a cabeça fria em qualquer circunstância.

Arthur acompanhara atentamente a passagem do cano e a bifurcação na qual Max entrara sem hesitar.

– Eu conheço esse lugar – comentou. – Eu já passei por aqui com meu carro.

– Que carro você tem? – perguntou Max, curioso.

– Uma Ferrari. Quinhentos cavalos – respondeu Arthur, exagerando um pouco.

– Quinhentos cavalos? Isso dá quantas joaninhas? – perguntou Max, que nunca ouvira falar naquele tipo de medida.

– Hum... não sei – respondeu o menino.

Não era fácil calcular, assim, de repente, quantas joaninhas caberiam dentro de um cavalo.

Max puxou outra alavanca bem devagar. Devia ser o freio, porque a joaninha diminuiu a velocidade, apoiou as patas traseiras no chão, levantou um pouco de poeira, enfiou as asas debaixo da carapaça e começou a caminhar em suas seis patas.

– E isso? A tal Ferrari também consegue fazer? – perguntou Max, muito orgulhoso de sua joaninha.

– Não, não consegue – respondeu cordialmente Arthur para não estragar o prazer do amigo.

A joaninha chegou ao final do cano, lá onde ficava a famosa porta que indicava a entrada para o mundo dos minimoys. Arthur lembrava-se da porta porque havia batido nela desesperadamente quando a água invadira a canalização. Isso aconteceu na sua primeira aventura. Naquele dia ele conseguira escapar das garras de M., o Maldito. E agora ele estava novamente diante da mesma porta, com o coração apertado, as mãos fechadas em punho, tão emocionado como na primeira vez. Seu coração se alegrava ao pensar que reveria Selenia, batendo disparado, mas o reencontro pode ser angustiante. É verdade que ficamos loucos de felicidade quando imaginamos que vamos ver nossa namorada, mas essa ansiedade também disfarça um temor, mais profundo, mais insidioso. E se o outro tivesse mudado? E se o outro tivesse mudado de idéia e de amor, por causa da passagem do tempo que transforma tudo? "Longe dos olhos, longe do coração", diz o provérbio. Esse pensamento congelou seu sangue, e Arthur sentiu um arrepio atravessar seu corpinho da cabeça aos pés e seu sangue congelar só de pensar nisso.

– Bem... eu vou indo. Não quero que as moças fiquem sozinhas muito tempo – disse Max, sem perceber que piorava a situação.

Se Max não podia deixar suas mulheres sozinhas por uma hora, o que ele, Arthur, devia pensar, ele que abandonara Selenia durante dez luas?

"Ela não vai mais nem me reconhecer!", pensou, apavorado.

Max fez um sinal de despedida com a mão e fez uma decolagem-em-meia-volta digna dos melhores profissionais do volante. Arthur sentiu uma ponta de tristeza quando Max foi embora. Ele teria preferido não precisar enfrentar o desconhecido sozinho, mas a vida é assim mesmo. Como dizia muitas vezes seu avô: "Fazer o quê?". Quer Selenia o reconhecesse ou não, ele não podia deixar de responder àquela mensagem desesperada gravada no grão de arroz: "Socorro!".

Mas não era hora de tristeza. O momento exigia uma intervenção imediata, uma operação de guerra. Arthur começou a bater à porta como um louco. Cada batida ecoava pelo cano, mas ninguém respondia. A porta permanecia muda. Arthur sentiu outro arrepio. Tomara que não fosse tarde demais. Que Selenia não o reconhecesse era uma coisa, perdê-la era outra. A idéia de uma catástrofe desse porte deu-lhe ainda mais forças para socar aquela maldita porta, que permanecia indiferente.

Ele sentiu o pânico começar a invadi-lo e precisou fazer um esforço sobre-humano para não deixar que tomasse conta dele.

– Pensa, Arthur! Pensa! Tem que haver uma saída! – começou a repetir em voz alta sem parar enquanto caminhava na frente da porta como um leão enjaulado.

De repente... uma luz!

– O periscópio!

Ele acabara de se lembrar daquela pequena cavidade que permitia que os minimoys examinassem o interior do cano sem precisar sair da aldeia. Arthur apoiou as mãos na porta e começou a tatear à procura de uma saliência, ou uma fenda, que indicasse o lugar da abertura.

– Achei! – exclamou quando seus dedos encontraram o que procuravam.

Sem pestanejar, ele os enfiou dentro da fenda e puxou com toda força até o painel ceder. Arthur viu o vidro azulado, do qual nem se lembrava mais. A lente bloqueava a passagem, mas pelo menos ele conseguia ver a aldeia, e o que viu deixou-o apavorado. Tudo estava vazio. Nada se mexia. Não se via vivalma. A aldeia, sempre cheia de vida, tão colorida, tão alegre, estava de uma tristeza de chorar. Arthur colou as mãos contra o vidro para evitar os reflexos da lente. Por mais que examinasse as redondezas, ele não conseguia ver um único minimoy. Nem mesmo um mul-mul. Embora Arthur ainda desconhecesse o porquê do problema, ele já podia medir sua amplitude. Não se tratava mais de um drama ou de uma ameaça, mas de uma catástrofe nacional: um povo inteiro havia sumido. Quem teria cometido um ato desses? Será que os minimoys haviam sido capturados? Jogados em uma prisão? Exterminados um por um? Eram tantas perguntas para as quais Arthur não tinha resposta, que ele começou a se sentir mal por causa de sua impotência. A raiva subiu-lhe à cabeça, desceu até as pontas dos dedos das mãos, e ele deu um soco violento naquele espelho azulado, que, a bem da verdade, não lhe fizera nada de mal. O vidro caiu para trás como um batente mal fechado de uma janela. Mais um guarda real que não fizera seu trabalho direito... Arthur ficou muito espantado com sua descoberta. Ao menos uma vez a raiva servira para alguma coisa. Ele enfiou o rostinho pela abertura e olhou nos cantos e nos lugares que o espelho antes impedia de ver. Mas não viu nada de novo nos cantos, nem em volta. A aldeia continuava tão deserta e tão morta como antes.

– Tem alguém aí? – ousou gritar, mas sua pergunta não obteve mais respostas do que as anteriores.

Ele tentou novamente, um pouco mais alto dessa vez, mas o resultado foi o mesmo. Enquanto a depressão já se alegrava de poder tomar conta dele, Arthur ficou olhando para aquela abertura minúscula, que não era tão pequena assim. Perguntou-se se um garoto de dez anos que media, temporariamente, dois milímetros de altura não conseguiria passar por ela.

"Quem não arrisca não petisca!", disse para si mesmo para se dar coragem. De qualquer forma ele não tinha escolha. Era a única idéia que lhe passara pela cabeça. Sua única chance. Em geral, diz-se que, se o traseiro passa, o resto vai atrás. Só que, no caso de um menino transformado em um minimoy, a cabeça era maior que a bundinha. Arthur decidiu passar primeiro com os pés. O quadril passou justinho, mas, quando chegou a vez da cabeça, ele levou um puxão de orelhas, o que era o cúmulo para alguém que estava fazendo uma boa ação. Arthur caiu no chão como uma trouxa de roupa suja no fundo de uma cesta. Ele levantou-se rapidamente e limpou-se um pouco com as mãos para ficar apresentável, mesmo que não houvesse ninguém para recebê-lo. Ele deu meia-volta e examinou todos os recantos, mas o lugar permanecia definitivamente deserto.

capítulo 13

Arthur caminhou bem devagar para a praça central, que normalmente fervilhava de vida porque era ali que o rei reunia o povo durante os grandes eventos populares. Os minimoys costumavam reunir-se com freqüência, sendo que tinham uma preferência toda especial pelas homenagens. Eles certamente não eram um povo guerreiro, mas um povo que chorava com muita facilidade. O menor desfile os alegrava, o menor poema os seduzia. O que eles preferiam acima de tudo eram as cerimônias florais. E, como no reino havia 365 tipos de flores, honrava-se uma por dia.

Todas as manhãs, os habitantes reuniam-se na praça e cantavam louvores para a flor do dia. Essas cerimônias eram sempre muito comoventes, e, enquanto cada um derramava sua lágrima, o lagrimador percorria as fileiras e coletava todas aquelas lágrimas preciosas. Depois, aquelas pérolas de tristeza, ou de alegria, eram guardadas dentro de um grande vaso. No final do ano selenial, que correspondia curiosamente ao 1º de abril do nosso calendário, o rei, ajudado por seu fiel carregador Patuf, derramava as lágrimas recolhidas durante o ano na base de um gigantesco peixe esculpido na pedra. Por que um peixe? Porque, de acordo com a cultura minimoy, todos deviam agradecer aos céus e homenagear tudo o que se conhece. E o que não se conhece também. Ignorar uma pessoa apenas porque não a conhecemos era malvisto, e até considerado uma ofensa entre os minimoys. Como o peixe era o animal mais distante da forma de vida deles, justamente por isso se tornou símbolo desse desconhecimento e era honrado todos os anos em nome de todos os desconhecidos que participavam da festa, da mesma forma como os minimoys, porque representava a grande corrente de vida que eles tanto amavam. Levar aquelas lágrimas de felicidade, dar aquele líquido precioso a um peixe, era um gesto simbólico que expressava à perfeição a sensibilidade do menor de todos os povos.

Arthur sentou-se sobre uma pedra. Ele estava muito chateado. Não encontrara nem uma alma viva, e o mistério daquele sumiço permanecia sem solução. Havia visto apenas alguns rastros de pés no chão, porém nada significativo. Arthur apoiou o cotovelo em cima do joelho, descansou o queixo na palma da mão e deu um grande suspiro. Ele era muito bonito assim, pensativo. Parecia uma estátua. Seus olhos se fixaram em outra estátua, que estava à sua esquerda, na entrada do palácio. Esse tipo de decoração não era raro na entrada de um prédio do governo, mas a posição daquela estátua era muito estranha. O modelo estava deitado no chão, com as mãos cruzadas enfiadas debaixo do rosto. Ele dava a impressão de estar dormindo. Arthur deu um pulo.

– Mas... mas, não é uma estátua! – exclamou de repente. – É um minimoy!

Ele atravessou a praça correndo. "Tomara que esteja vivo!", pensou. Aquela pessoa era sua única esperança, a única que poderia explicar o mistério do desaparecimento coletivo.

Arthur aproximou-se do corpo imóvel. Claramente tratava-se de um guarda. O que teria acontecido? Será que ele lutara para se defender? Para proteger a fuga de seu rei? Mas lutado contra quem? Contra o quê? Não havia nenhum vestígio suspeito em volta do corpo, nenhuma pista que pudesse guiá-lo. O guarda estava deitado no chão, um pouco encolhido, como se estivesse apenas tirando uma soneca. A única pista, talvez, era aquele assobio curto, quase inaudível. Arthur ajoelhou e debruçou-se sobre o corpo para tentar identificar de onde vinha aquele som. Aliás, assim de perto, o assobio parecia mais um ronco, como aquele de Margarida, porém, menos forte.

– Ora! Ele está roncando! – gritou o menino, quando percebeu seu engano.

Arthur ficou em pé e, sem grandes cuidados, deu um chute na traseira daquele impostor. Assustado, o guarda levantou-se com um pulo, a lança apontada para frente.

— Socorro! O palácio está sendo atacado! Acuda-me, meu rei! — berrou sem nem ao menos tentar querer saber primeiro o que o ameaçava.

Arthur sinalizou com os braços como se orientasse um avião na pista.

— Ei! Você aí! Sou eu! Ar-thur! — gritou, tomando o cuidado de articular seu nome.

Quando o guarda percebeu que o perigo limitava-se àquele homenzinho parado na sua frente, ele voltou à realidade. Aquele rostinho lhe era familiar e, pensando bem, a voz também.

— ... Arthur? — murmurou finalmente o guarda, um pouco confuso.

— É, sou eu mesmo! Arthur Nanicalto! O neto de Arquibaldo e marido de Selenia!

Arthur ainda não conseguia acreditar que casara com uma princesa. A cerimônia fora tão rápida e as testemunhas tão poucas (só uma!) que ele tinha a impressão de que aquele acontecimento feliz nem acontecera.

— Mas é claro! Arthur! — exclamou o guarda como se jamais tivesse tido dúvidas a respeito. — Que bons ventos o trazem aqui?

A pergunta pegou Arthur de surpresa. Será que o guarda dormira tanto tempo que não tomara conhecimento da catástrofe que se abatera sobre a aldeia? Antes que pudesse responder qualquer coisa, o guarda disse em um tom de voz confidencial:

— Olhe, aquela soneca que eu estava tirando... é a primeira vez que isso me acontece. Eu sempre me mantenho alerta no meu posto. Mas acho que ontem eu comi algumas belicornas demais, e elas acabaram pesando no meu estômago. Eu espero que esse pequeno contratempo fique entre nós...

– Humm... sim, é claro que sim – respondeu Arthur, sem saber o que dizer.

– Maravilha! – alegrou-se o guarda e começou a gritar: – Atenção, meu povo! Arthur voltou! Viva Arthur! Viva o príncipe Arthur!

De súbito, um monte de pequenas luzes se acenderam em toda a aldeia. Uma janela iluminou-se em cada casa, e os moradores começaram a aparecer na soleira das portas. Alguns ainda estavam sonolentos, outros muito agitados, mas todos pareciam sãos e salvos. Perplexo, Arthur olhava para o espetáculo do despertar de uma cidade inteira. Dezenas de minimoys surgiam de todos os lados, alguns escorregavam dos galhos mais altos pelos cipós, outros deslizavam pelos tobogãs que os levavam diretamente ao centro da cidade. Todos pronunciavam seu nome, e o zumbido propagou-se mais rápido do que um círculo na água. Cada vez que o nome de Arthur era mencionado, um rosto se iluminava. As crianças gritavam de alegria, os pais batiam palmas, e todo aquele mundinho começou a se dirigir para o palácio, para onde estava Arthur.

Arthur parecia uma manteiga derretida, mas como não se derreter diante de tal acolhida e tamanho transbordamento de alegria e felicidade? Ele que tinha tanto medo de que o esquecessem! Agora só lhe restava constatar até que ponto ele permanecera presente na memória daqueles homenzinhos. Nem seus melhores amigos o recebiam assim na escola quando ele voltava das férias. Muito pelo contrário. O período das férias sempre criava uma distância, e cada um farejava o outro antes de retomar a amizade. O que não era o caso dos minimoys: todos vinham abraçá-lo com a mesma felicidade de uma pulga que pula em cima de um cachorro. Principalmente um minimoy em particular, que abriu caminho no meio da multidão às cotoveladas e saltou em cima de Arthur, que caiu para trás.

– Betamecha? – disse Arthur quando viu o rostinho do amigo saltitante.

– Arthur, é você mesmo! – quase gaguejou o homenzinho, tonto de felicidade.

Os dois amigos se abraçaram fortemente e rolaram pelo chão como dois leõezinhos que brincam de brigar.

– Mas onde é que vocês estavam? Eu fiquei tão preocupado! – disse Arthur finalmente.

– Ora, dormindo... o que você esperava? Você viu que horas são? – respondeu Betamecha, apontando para a ampulheta que trazia no pulso.

Como a aldeia ficava debaixo da terra, era bem difícil saber que horas eram. Mas, como Arthur passara pelas raízes por volta da meia-noite, e o passeio de joaninha não levara mais de uma hora, certamente era de madrugada.

– Quem teve a audácia de me acordar no meio da noite? – reclamou o rei com voz rouca, confirmando a hora tardia.

O bom rei não tivera tempo de montar no seu fiel Patuf, e as perninhas desnudas lhe davam uma aparência um pouco ridícula. Além disso, o calção bufante de folhas de acácia era esquisito demais. Mas não passaria pela cabeça de nenhum minimoy zombar dele. Em primeiro lugar, porque ninguém zomba do rei e, em segundo lugar, porque todos os minimoys usavam aquele tipo de calção ridículo, mas nem todos podiam comprar um calção de folha de acácia – aquelas folhas eram consideradas uma matéria-prima preciosa. Provavelmente porque quase nunca a árvore perdia suas folhas e era uma raridade na Sétima Terra.

O rei esfregou os olhos, sacudiu-se como um cachorro que acabou de sair da água e repetiu:

– Eu fiz uma pergunta: quem teve a audácia de me acordar? – disse um pouco mais alto para que todos o ouvissem.

Betamecha virou a cabeça para trás e olhou para seu pai.

– Papai, veja! É Arthur! – respondeu com o rostinho cheio de alegria, empurrando o amigo na direção do palácio.

– Arthur? – balbuciou o rei, de repente muito preocupado com seus trajes. – Desculpe, eu não estou muito apresentável... mas... o que está fazendo aqui no meio da noite? – perguntou, um pouco perdido.

Arthur também não estava se sentindo muito à vontade. Ele acabara de acordar uma aldeia inteira que dormia pacificamente e que parecia estar muito bem. Será que aquele grão de arroz e aquela aranha que o seguira por todo lado não passavam de fruto de sua imaginação?

– Um grão de arroz? – repetiu o rei. – Mas que idéia mais engraçada!

A idéia era tão engraçada que todos começaram a rir. Os minimoys são assim: sempre que surge uma ocasião, eles riem como crianças, e à menor contrariedade choram como chafarizes.

– Meu rapaz, os minimoys só escrevem em folhas – explicou o rei, com uma ponta de esnobismo na voz. – As Grandes Leis são escritas em folhas de carvalho, os pensamentos e os ditados em folhas de bordo, as receitas de cozinha em folhas de tília, as notas de serviço em folhas de bétula, as...

– ... as mensagens travessas em folhas de carpino – interrompeu-o Betamecha com um sorrisinho levado. – Meu pai tem a mais bela coleção de folhas de carpino e...

– Ora... está bem. Eu entendi, acho... – intrometeu-se o rei, que não queria que a conversa descambasse para assuntos tão delicados.

Como acabamos de perceber, os minimoys tinham uma folha para cada coisa: a folha de plátano para os relatórios de acidentes, a folha de freixo para as condenações, a folha de álamo para os problemas sociais, a folha de repolho para os avisos de nascimento, a folha do pinheiro para as condolências, e... Vamos parar por aqui porque a lista parece não ter fim.

O rei voltou-se para Taag, cujo primeiro nome era Hermit, e que era o escriba oficial do reino e pintor nas horas vagas.

– Escrever em um grão de arroz? Você ouviu isso, Taag? Por que não escrever também nas paredes? – perguntou o rei brincando, que realmente estava de excelente humor apesar da hora adiantada.

Taag não pareceu chocado. Ele até achou a idéia interessante...

– Parece que alguém fez uma brincadeira de mau gosto com você, meu bom Arthur! – concluiu o rei, dando uns tapinhas no ombro do menino, que era mesmo muito ingênuo.

Arthur não sabia mais o que pensar. Do seu lado do mundo era muito difícil que alguém tivesse tido a capacidade de escrever aquela mensagem. Arquibaldo não tinha esse tipo de humor, Margarida estava muito ocupada com os afazeres da casa, sua mãe era míope demais para escrever em letras tão pequenas, e seu pai não tinha paciência para escrever o que quer que fosse. Sobrava Alfredo. Arthur não poupava elogios para o cachorro e sabia que ele era capaz de coisas incríveis, mas escrever em um grão de arroz! E, depois, aquela nem era a sua caligrafia.

Bem, se não era alguém de cima, obrigatoriamente tinha que ser alguém de baixo.

capítulo 14

— Selenia! – lembrou-se de repente.

Ela era a única minimoy ausente e, portanto, a única que corria perigo. Além disso, há algo mais normal que uma princesa em perigo que tenta avisar seu príncipe? De repente tudo passou a fazer sentido, e Arthur começou a sentir um pouco de medo.

— Onde está ela, Majestade? Selenia? Onde está Selenia? – perguntou Arthur insistentemente.

— Ora... provavelmente na cabana dela – respondeu o rei.

— Não está! – elevou-se uma voz no meio da multidão.

Todos se voltaram para identificar aquela vozinha tão suave como um poema e tão sábia como um velho carvalho. Arthur virou para ver quem era aquele personagem e teve a impressão de conhecê-lo. Claro! Era Miro, a pequena toupeira. Miro usava um gorro de dormir e um calção ainda mais engraçado do que o do rei. Parecia uma fralda-calção, o que devia ser pouco provável considerando sua idade. Ele abriu caminho no meio da multidão e apertou as mãos de Arthur.

– Fico muito contente em revê-lo, meu jovem Arthur – cumprimentou-o o sábio, com um belo sorriso. – Pensávamos que você chegaria mais cedo e estávamos à sua espera na Sala das Passagens.

Arthur desculpou-se e contou para Miro toda a sua aventura, e até mencionou aquela maldita nuvem que não queria saber de nada, nem entender coisa alguma. Ele também contou como passara pelas raízes e chegara à aldeia a bordo de uma joaninha. Miro sorriu. Arthur devia amar muito sua princesa para ter suportado tantas coisas.

– Onde está Selenia? – perguntou Arthur, ainda preocupado com ela.

– Ela ficou decepcionada quando não viu você na base do raio – respondeu Miro.

Arthur derreteu-se todo imediatamente. E ele que havia pensado que a princesa o esquecera!

Miro contou que naquela manhã Selenia levantara muito cedo para ter tempo para se arrumar. Primeiro, ela passou essência de baunilha por todo o corpo para ficar cheirosa, depois vestiu as roupas tinindo de novas e um colete maravilhoso de pétalas de rosas que ela mesma costurara. Quando terminou de se vestir, tomou um leve café-da-manhã – um purê de framboesas e uma boa fatia de avelã – e saiu para a aula de canto. Uma princesa precisava cuidar muito bem da voz, e Selenia gostava de dizer belas palavras. Nem pensar em deixá-las escapar de sua linda boca real sem um controle rigoroso. Mas para isso ela precisava primeiro aprender a modular a voz à vontade para tingir as palavras de mil e um matizes. Por exemplo, "Eu te amo" era a coisa mais fácil de dizer. Chegava a ser vulgar. A emoção, a verdadeira, passava pela forma e pelo timbre, pelo aveludado e pelo sedoso. E, como Selenia certamente tinha a intenção de dizer essas poucas palavras para Arthur, a voz não podia traí-la. Por isso ela passou a manhã inteira no topo do pequeno carvalho, onde o rouxinol construíra seu ninho. O pássaro tinha a fama de ser o melhor professor de canto de toda a Sétima Terra. Ele era um bom professor, mas também uma pestinha. Ele saltava constantemente de galho em galho e nunca ficava quieto no mesmo lugar. Selenia levara um tempo enorme para convencê-lo a lhe dar uma aula. Ela até precisou prometer lhe dar a indicação exata do lugar, que somente ela conhecia, onde o pássaro poderia encontrar minhocas criadas dentro da maçã. O rouxinol concordou com a troca e deu uma bela aula de canto. Quando ela voltou para a aldeia, suas cordas vocais estavam tão doloridas, que foi obrigada a tomar um chá de flor-de-violeta para aliviar a garganta. O chá realmente não só acalmou a dor, como também acalmou Selenia, que adormeceu. De tarde, ela foi à academia de ginástica. Se ela não queria que a voz traísse suas palavras, ela também não desejava que seus gestos traíssem seus pensamentos. Ela precisava ter absoluto controle dos membros do corpo. E para isso nada melhor do que uma boa aula de ginástica.

Gambetto não era realmente um professor de ginástica. Ele era um dançarino profissional, que gostava de seguir à risca as regras do bom trato social e exigia que seus alunos o chamassem de "*monsieur* Gambetto". *Monsieur* Gambetto era um *Scarbaterus-philanthropis*, um primo distante do louva-a-deus (mesmo que ele jurasse não ter nenhum parentesco com ele), mas bem menor, e tinha a capacidade de dobrar-se em qualquer sentido. Até o homem-borracha, que por algumas moedas enfiava o corpo todo dentro de uma caixa de sapatos depois de muitas contorções, ficaria com inveja. *Monsieur* Gambetto não trabalharia para um circo nem por todo o dinheiro do mundo! Ele trabalhava apenas pelo prazer da arte. Selenia raramente tinha aulas com ele. Primeiro, porque em geral ela estava muito ocupada com os negócios correntes do reino, e, depois, porque os exercícios eram muito puxados. No entanto, a princesa queria estar perfeita para receber seu príncipe e dobrava-se (neste caso, literalmente) a todas as exigências – que beiravam os caprichos – do seu professor. Quando a aula terminou, a pequena princesa estava como que em estado de coma. Tudo nela era apenas uma única e grande dor. Para quem queria controlar seus gestos, ela não controlava mais nada, nem mesmo os pés, que ela mal conseguia colocar um na frente do outro para conseguir chegar à cabana. Quando chegou, ela se deixou cair em cima da cama e dormiu até de noite.

– Eu passei para vê-la depois do fechamento das flores e ela continuava dormindo – explicou Miro, antes de continuar com sua história.

* * *

Ele levara para ela uma bandeja com o jantar: uma salada de bordo e alguns pinhões bem grelhados. Mas a princesa não tocara em nada. Como a hora do raio ainda demoraria, Miro decidiu deixá-la dormir mais um pouco. Não faria mal e, pelo menos, impediria que ela ficasse dando voltas sobre si mesma à espera do momento fatídico. Selenia acordara sozinha, naturalmente. Como prevenira *Monsieur* Gambetto, que realmente conhecia seu ofício, as dores haviam desaparecido. Ela ensaiou alguns passos de *arabesque*, dois ou três movimentos graciosos com os braços, e ficou muito satisfeita quando terminou. A princesa atravessou toda a aldeia cantarolando, muito feliz porque ia encontrar-se com seu príncipe. Miro fizera muito bem em não acordá-la. Agora ela só teria que esperar uma hora. Ela foi a primeira a chegar à Sala da Passagem e nem se deu o trabalho de acordar o passador, que, como era de hábito, dormia todo encolhido dentro de seu casulo. Ela sentou-se sobre um pedregulho, colocou os braços em volta das pernas e um belo sorriso no rosto.

Como era bom esperar o bem-amado assim. Era como se o corpo e a alma se esvaziassem e trocassem de pele para receber aquela onda que arrebentaria em cima dela. Uma onda de amor e frescor. Arthur chegaria com o cheiro das pessoas de lá de cima. Um cheiro estranho de sabores desconhecidos. Todos aqueles cheiros eram, para ela, sinônimo de aventura. Ela imaginava Arthur percorrendo aquele mundo imenso. Para ele bastavam uma ou duas passadas para cruzar a Sétima Terra, enquanto Selenia demorava dois dias, se andasse depressa. Mas ela não estava esperando por Arthur-o-Grande, mas por seu pequeno príncipe. Ela sentira tanta falta das sardas e daquela mecha de cabelo rebelde. Fazia dez luas que ela imaginava todas as noites que estava acariciando a pele tão suave daquele rosto. Ela teria dado todos os tesouros do mundo para poder adormecer de mãos dadas com ele. Ela havia sido tão paciente como seu pai lhe ensinara a ser, como mandava o Grande Livro. Mas agora ela não agüentava mais e contava os segundos. Aliás, ela achava insuportável todo esse espaço entre cada segundo, que não servia para absolutamente nada, exceto para atrasar a chegada do bem-amado.

Miro entrou na Sala da Passagem e ficou espantado ao encontrá-la ali. Pensando melhor, era perfeitamente normal, porque Selenia só falava de Arthur o dia todo, todos os dias. Não era fácil governar aquele reino imenso sozinha. Ela queria ter seu príncipe ao lado para guiá-la, aconselhá-la e compartilhar com ele as grandes decisões que determinariam o futuro do seu povo. Como, por exemplo, a transferência de todos os habitantes da Raiz Norte, que corria o risco de desmoronar a qualquer momento, e começar a construção de novas casas. Esse era um dos problemas mais importantes da aldeia, e as discussões eram diárias sobre a escolha do local para a reconstrução. Alguns não queriam que fosse no leste porque era muito úmido no inverno, outros detestavam o sul porque era muito quente no verão.

E havia outras decisões que a princesa gostaria de compartilhar com seu príncipe, como a data da colheita das groselhas. Esse era um dos problemas mais sérios e o centro de todas as atenções, porque nenhum dos minimoys conseguira chegar a um acordo sobre a data. Era um problema insolúvel: cada um tinha um gosto diferente, e as groselhas trocavam de sabor a cada dia. Todos os anos, quem decidia no final era o rei. Ele escolhia uma data no Calendário Selenial ao acaso e de olhos fechados. E a última vez fora a última: na próxima colheita a decisão caberia a Selenia.

Miro acordou o passador, que começou a resmungar como sempre fazia. Prestando atenção para não prender a barba no mecanismo, aquela velha criatura girou os três anéis da lente gigantesca. O primeiro anel para o corpo, o segundo para a mente, e o terceiro para a alma. Selenia tentava inutilmente conter a excitação. Sentada em cima do pedregulho, ela fervia como uma panela em ebulição. Mais alguns minutos e seu príncipe encantado atravessaria todas as dimensões para encontrar-se com ela e ficar do seu tamanho. Que homem no mundo seria capaz de fazer um esforço como esse e encolher de tamanho só para agradar à sua amada? Selenia sentia-se tão honrada e uma pessoa de tanta sorte por ter encontrado aquele homenzinho no meio do seu caminho que todas as noites ela agradecia à Deusa da Floresta pela sua atenção divina. Mas os minutos passavam e Arthur não chegava. Primeiro, ela pensou que fosse um capricho do tempo, que talvez o céu estivesse carregado de nuvens impedindo que a lua iluminasse a lente. Mesmo que ela tivesse tido o cuidado de consultar a 'rã-canivete'.

— É o apelido da rã que vive ao sul do riacho — explicou Miro ao ver a expressão espantada de Arthur.

A rã recebera esse apelido depois de um dia catastrófico, quando adormecera dentro da água morna e pegara uma gripe. Ela ficou incapacitada, durante algum tempo, de sentir o que quer que fosse. Infelizmente para ela, o rei foi vê-la justo naquele dia para pedir algumas informações meteorológicas. Ele precisava marcar o dia da colheita das groselhas, mas, para tomar uma decisão definitiva, ele necessitava da previsão do tempo para os próximos dias. Incapaz de prever qualquer coisa por causa do nariz entupido, a rã deu um palpite:

— O tempo amanhã será bom e seco como uma pele de serpente.

Como ela estava completamente encharcada de água, era muito provável que não suportasse mais umidade e precisasse de umas boas horas de sol. Ela simplesmente confundira o boletim meteorológico com a recomendação médica. Ao ouvir a boa notícia, é claro que o rei decidiu marcar a colheita para o dia seguinte, ao amanhecer. E na manhã do dia seguinte a chuva começou a cair copiosamente. As gotas eram tão grossas que até parecia chover canivete. E era por isso que a rã havia sido apelidada assim. Aquele dia foi considerado uma 'catástrofe natural' e a colheita foi transferida para uma data posterior em meio à maior confusão. Com o passar do tempo, a peripécia logo foi esquecida. Hoje, todos riem quando se lembram dela, e a história é repetida com regularidade nos grandes banquetes. O rei perdoou a rã, mas ela conservou o apelido, e o episódio foi inscrito no Grande Livro, no capítulo: 'Rã-canivete'.

Arthur não pôde deixar de rir ao ouvir aquela história incrível.
– Mas... e Selenia? E depois? O que ela fez? – perguntou, para não perder o fio da meada, mesmo que fosse um pouco indelicado usar essa expressão quando se falava de uma princesa.
– Selenia ficou muito triste.

A princesinha esperara, e esperara, e esperara mais um pouco. A rã, que naquele dia não estava com o nariz entupido, garantira que o tempo seria bom e que não choveria, embora ela não pudesse prometer que não haveria nenhuma nuvem no céu, porque as nuvens mais jovens adoravam brincar nos ventos de grande altitude enquanto os pais estavam muito ocupados em formar nuvens carregadas em outro lugar. Um grande céu azul, vazio de nuvens, era um terreno ideal para as brincadeiras das nuvens-crianças, que podiam divertir-se em assumir uma forma mais engraçada do que a outra. Mas Selenia não acreditava nessas histórias.
– Mas as nuvens-crianças não brincam de noite, porque ninguém consegue ver as bobagens que fazem – respondera Selenia. – De que adianta ficar fazendo tolices quando não há ninguém por perto?

Para ela, a explicação era muito mais lógica e triste: Arthur a esquecera. Só de pensar nessa frase tudo ficava claro. Como ela podia ter acreditado que, com seus dois milímetros de altura, houvesse impressionado Arthur? Ela mentira para si mesma desde o início e não passava de uma menina orgulhosa que achava que o mundo girava em volta dela. Uma garota de coração mole, que se apaixonara pelo primeiro aventureiro que aparecera na sua frente. A dor e o sofrimento começaram a agir e a destruir lentamente o belo retrato que ela fizera de seu príncipe.

– Em primeiro lugar, ele nem é tão alto assim. Ele também só tem dois milímetros de altura. E, depois, aquelas sardas no rosto nem são tão grande coisa. Até parece que ele dirigiu sem pára-brisa! – disse em voz alta para quem quisesse ouvi-la.

Era seu modo de afogar a mágoa, mas ela logo percebeu que era inútil e, aconselhada por Miro, resolveu acalmar-se e implorar à Deusa que nada de ruim tivesse acontecido com seu bem-amado.

Sem que Arthur se desse conta, duas lágrimas deslizaram por suas faces. Ele estava pasmo com aquela história, porque imaginara exatamente o contrário: um menino apaixonado por uma princesa que nem ligava para ele, quando a verdade era bem diferente.

– Mas... onde ela está agora? – perguntou timidamente.

– Ela foi colher algumas selenialas – respondeu Miro.

– No meio da noite? – replicou Arthur preocupado.

Então, o rei começou a explicar as particularidades da flor de seleniala, principalmente quando é colhida nas noites de lua cheia. A seleniala fechava-se depois das onze horas da manhã porque não gostava da luz do sol, que estragava a sua pele. Ela também se recusava a compartilhar seu perfume com todos os desconhecidos que cruzavam o espaço durante o dia, todos aqueles mal-educados que a despenteavam quando passavam de raspão por ela. Ou seja: a seleniala era uma flor frágil e reservava seus raros perfumes para os noctâmbulos. Porém, as noites de lua cheia eram especiais. Nessas noites, elas se reproduziam e colocavam o melhor de si mesmas dentro de partículas minúsculas de uma brancura extraordinária, e deixavam-nas flutuar ao sabor dos raios da lua. Uma leve brisa era sempre bem-vinda porque facilitava os intercâmbios. As pétalas abertas dos selenialos machos só precisavam esperar que a natureza fizesse seu trabalho.

Selenia adorava deitar-se sob o céu nas noites de lua cheia e observar aquele balé magnífico, aqueles milhões de flocos que brilhavam à luz do luar, dançavam na brisa e interpretavam, assim, a grande história da vida. Mas aquela noite era especial, e Selenia fora confidenciar sua tristeza para a brisa, que estava sempre disposta a espalhar suas queixas.

— Não se preocupe — disse o rei para Arthur. — Ela não vai demorar, e, assim que vir você, tudo ficará bem — prometeu o soberano.

Arthur deu um pequeno sorriso. Ele ficaria tão feliz se tudo terminasse bem, mas alguma coisa não parava de atormentá-lo. Se Selenia estava bem, então quem escrevera aquela mensagem no grão de arroz?

Decididos a ficar de vigília até o retorno do jovem Arthur, os guerreiros bogo-matassalais haviam acendido uma fogueira perto do grande carvalho. A receita das 'raízes-que-encolhem' era ancestral e demonstrara sua eficácia durante séculos, mas o chefe sempre sentia um pequeno aperto no coração quando a aplicava. Certamente por causa daquela história terrível que ouvira tantas vezes do seu bisavô, quando ele ainda podia aproveitar os raios do sol.

A história se passara nos idos de 1800, quando a África era o continente mais belo do mundo, seu solo abundava de riquezas e ainda não estava coberto pelo lixo do Ocidente. As pessoas viviam despreocupadas com o amanhã. Elas acordavam e atravessavam a savana pelo simples prazer de ir dormir na outra ponta.

Durante cada grande lua, Cheevas, o chefe dos bogo-matassalais, passava alguns guerreiros pelo raio para irem visitar os minimoys, seus irmãos de sangue, e manter os laços familiares que uniam os dois povos. Infelizmente, Cheevas muitas vezes abusava do licor de palmeira e depois tinha uma dificuldade enorme para encontrar o caminho de volta até o grande baobá onde o ritual da passagem sempre ocorria. Uma noite, ele bebeu tanto que se perdeu, e os guerreiros levaram mais de uma hora até encontrá-lo. Ele estava dormindo dentro de um cacto, a alguns metros acima de três coiotes que o espreitavam tranqüilamente instalados no chão, como raposas que esperam que o pedaço de queijo caia do bico do corvo. Os guerreiros haviam conseguido espantar os comedores de carniça com algumas pedras e acordado o chefe.

– Cheevas! O raio já fechou e os minimoys estão esperando pela gente! – queixou-se um dos guerreiros.

– Não faz mal, passaremos pelas raízes – respondera o chefe, que ficava sóbrio tão lentamente como uma minhoca galopando.

Quando voltaram para o baobá, eles enrolaram as raízes em volta de três guerreiros e, depois de reduzi-los, enfiaram-nos no fundo do bambu. E foi então que o desastre aconteceu: quando Cheevas pegou o segundo frasco, ele pegou aquele que estava cheio de licor de cacto, uma mistura que queimava a garganta para sempre. Ao lado daquele licor dos infernos, nossas aguardentes parecem suco de laranja. Dizia-se até que os olhos ficavam carbonizados só de olhar para a etiqueta. Cheevas derramou o líquido dentro do bambu. Não apenas algumas gotas, como indicava o Grande Livro, mas acabou derramando metade do frasco por causa de um soluço que ele não conseguiu prender. O bambu começara a tremer de cima a baixo, lançando fumaça pelos orifícios, até congelar todo e ficar como um bastão que um esquimó tivesse perdido.

Durante vários meses ninguém mais teve notícias daqueles três bogos. Os guerreiros da aldeia estavam muito tristes, e Cheevas jurou que nunca mais beberia nem uma gota daquele licor e que nem o fabricaria mais. Ele realmente cumpriu a promessa durante um tempo. Segundo a lenda, alguns anos mais tarde seus descendentes emigraram para a Europa e foram morar na Escócia, onde recomeçaram a fabricar o famoso licor, ao qual deram o nome de Cheevas em homenagem ao seu ancestral.

Quanto aos três guerreiros desaparecidos, um dia eles foram encontrados. Eles haviam perambulado pelo deserto durante algum tempo até a bebedeira passar. Depois, montaram um pequeno negócio, uma criação de escorpiões, porque aquela terrível experiência os havia deixado completamente imunes a qualquer veneno.

A história acabara bem, mas marcara a lembrança daquele povo de guerreiros orgulhosos e permanecia como um exemplo a não ser seguido.

capítulo 15

O chefe atual chamava-se Min-Eral. Ele não tinha as manias de Cheevas e sua sobriedade era exemplar. Certamente ele nunca se enganaria de frasco.

Naquela noite, Min-Eral estava muito preocupado e verificou pelo menos dez vezes se usara o frasco certo.

– Não se preocupe, chefe. Tudo vai dar certo. Arthur acompanhou nossos rituais durante todo o verão. Agora ele já é dos nossos – disse calmamente um dos guerreiros, com o rosto avermelhado pelas chamas da fogueira.

– Obrigado por suas palavras tranqüilizadoras – respondeu Min-Eral, relaxando um pouco e começando uma nova prece.

Arthur passara o verão aprendendo os rituais e os costumes daquele povo incrível e agora tinha todos os conhecimentos necessários para fazer parte do clã. Ele também passara por um treinamento físico muito intenso, e era impossível contar as noites que fora para a cama sem comer, morto de cansaço.

Os exercícios que os guerreiros o obrigaram a fazer eram muito variados e não se pareciam em nada àqueles das aulas de educação física da escola. Aqui, o fundamental era aproximar-se da natureza e dos animais, e encontrar seu lugar na grande encruzilhada da vida. Fazia quatro mil anos que o homem tentava encontrar uma saída para essa famosa encruzilhada. Ele queria dominar tudo e todos, mas, principalmente, não queria que lhe dissessem que era parente do macaco. O que, é claro, era um grande erro, afirmavam os bogo-matassalais. O homem era parente tanto da árvore como do macaco. O baobá era seu primo, e a formiga, sua prima.

Por falar em formiga, o primeiro exercício que Arthur foi obrigado a fazer foi aproximar-se das formigas. Assim que amanheceu ele se deitou quase nu sobre a grama, bem no meio de um caminho por onde as formigas costumavam passar. Ele usava apenas uma tanguinha em volta da cintura que o chefe dos matassalais costurara com um pedaço de couro que havia sido cortado da pele do famoso Zabo, o zebu. Arthur devia ficar imóvel e esperar a chegada das primeiras operárias. É claro que aquele obstáculo enorme deixara a colônia em pânico e obrigara as formigas a marcar uma reunião extraordinária para decidir se deviam contornar o obstáculo ou arriscar passar por cima dele. Dar a volta demoraria muito, e elas poderiam se perder. Portanto, a única solução, mesmo que fosse perigosa, seria passar por cima dele. Principalmente porque as primeiras formigas-batedoras haviam voltado com uma informação importantíssima: o corpo estava vivo.

Mas o que fazia aquele humano deitado quase tão nu como uma minhoca no meio da natureza às seis horas da manhã? Sem tempo para responder à pergunta, a formiga-general que comandava a coluna ordenou o início da travessia por aquelas terras estrangeiras. A coluna de formigas subiu primeiro pelo pé de Arthur, continuou pela perna até chegar à mão que descansava exatamente onde começava o caminho das formigas.

Arthur foi obrigado a ficar nessa posição o dia inteiro e servir de ponte para cerca de cem mil formigas. O mais difícil era não rir, porque todos aqueles animaizinhos não paravam de lhe fazer cócegas. Arthur repetiu o exercício nos quatro cantos do jardim durante quatro dias. E foi assim que nasceu a amizade entre Arthur e as formigas, que ele passou a considerar como suas primas.

Mas havia outro exercício pelo qual Arthur tinha uma clara preferência. Ele era obrigado a ficar quase nu novamente e abraçar o grande carvalho. Ele ficou nessa posição o dia todo até que um pássaro o confundiu com um galho e pousou nele. Arthur se chateara de montão durante as primeiras horas e sentira-se mais como uma mosca aplastada em cima de um ladrilho do que como um galho que brota de um carvalho. Mas ele logo começou a ouvir todos aqueles barulhinhos que se originavam da árvore: a seiva subindo, as nervuras que cresciam e se espreguiçavam, todas aquelas folhas que gritavam para o vento mandar mais luz. Ele até conseguiu sentir a energia solar que descia pela árvore, como a areia que escorrega dentro de uma ampulheta.

* * *

Depois de algumas horas Arthur ouviu o carvalho rir e sentiu-o respirar. O menino fechou os olhos e começou a respirar no mesmo ritmo da árvore. Por volta das seis horas da tarde, um magnífico pintarroxo pousou no seu ombro e começou a cantar, demonstrando que o exercício fora um sucesso total. Arthur estava em uma simbiose perfeita com seu primo, o carvalho. No geral, todos aqueles exercícios eram muito agradáveis, e Arthur se sentia cada vez mais entusiasmado quando pensava que haveria uma nova prova todas as manhãs. O que ainda lhe causava alguns problemas em casa, onde de repente tudo parecia sem graça e sem nenhum atrativo. Arquibaldo era o único que compartilhava seu entusiasmo, porque ele também passara por esse aprendizado quando estivera na África, trinta anos antes. Ele sempre sorria quando, em segredo, o neto lhe contava suas aventuras do dia.

– Espere só para ver a última prova, você vai achar bem menos divertido – avisara Arquibaldo.

Arthur estava um pouco apreensivo quando se apresentou na tenda dos guerreiros matassalais ao amanhecer do último dia. Naquela prova ele teria de resumir em uma hora tudo o que aprendera nas últimas semanas. Ele teria de percorrer o mais rápido possível uma trajetória extremamente precisa e provar durante o percurso que estava totalmente integrado com a natureza.

– Você terá de se arrastar como uma minhoca, se pendurar como um macaco, correr como uma lebre, nadar como um peixe e voar como um pássaro – explicara o chefe Min-Eral no início da prova.

O traçado do percurso que o atleta devia fazer acompanhava o riacho que serpenteava pela orla da floresta até a tenda dos guerreiros.

– Eu vou jogar essa noz no riacho e você deverá pegá-la antes que ela caia na catarata – explicou o chefe.

Arthur seria obrigado a percorrer cerca de dois quilômetros e atravessar todo tipo de terreno. Quando entendeu o que o esperava, ele começou a ventilar os pulmões instintivamente. O chefe dos bogo-matassalais jogou a noz no riacho, e Arthur partiu correndo a toda velocidade. A primeira parte foi fácil. Ele só precisou levantar bem os joelhos para não diminuir a velocidade quando passava pela vegetação mais alta. Ele chegou rapidamente a um trecho coberto de caniços, mergulhou no meio deles e começou a rastejar como um sapo. Em poucos segundos ele estava todo coberto de lama e mal conseguia enxergar por onde ia. Ele tinha apenas o sol para indicar a direção a seguir. Avisadas da prova, algumas rãs haviam se posicionado nas laterais do percurso e incentivavam Arthur, que terminou de passar pelos caniços e recomeçou a correr até chegar ao pé de um enorme rochedo que parecia intransponível. Por sorte, dois esquilos, que estavam muito alvoroçados com tudo aquilo, apontaram para a árvore e para o último galho, que levaria Arthur diretamente ao topo do rochedo.

O menino jogou-se em cima da árvore como um mico com ventosas nos pés. Os dois esquilos seguiram na frente para mostrar-lhe o caminho pelos galhos. Apesar de muito simpáticos, os dois roedores eram dois tremendos tagarelas e não pararam de fazer comentários durante toda a subida, a tal ponto que Arthur desconcentrou-se várias vezes e quase caiu.

– Muito obrigado por tudo! – gritou ao alcançar o último galho.

Arthur saltou como um tigre em cima do rochedo que se inclinava suavemente na direção da floresta. Ele começava a ficar cansado e aspirava todo o ar fresco que conseguia encontrar em volta dele. Quando chegou à beira da lagoa, mergulhou imediatamente, sem parar nem um segundo para pensar. Ele sentiu um pouco de frio, mas a água fria era bem-vinda porque seu corpo fervia de calor. O único problema na água era não perder o fio do percurso, porque não havia nenhum ponto de referência. Mas Arthur não precisava ficar preocupado: centenas de peixes haviam se alinhado dos dois lados do caminho por onde deveria passar, como em uma prova de ciclismo. Arthur precisava apenas deixar-se guiar e incentivar pelas milhares de bolhas de apoio que seus admiradores soltavam.

Ele saiu da água tão retorcido como um pano que acaba de ser tirado da máquina de lavar, mas não teve tempo para sentir pena de si mesmo, pois a noz descia inexoravelmente na direção da cascata. Arthur recomeçou a correr entre as jovens bétulas. Quando chegou ao pé da falésia, foi obrigado a parar. Ele conseguia ver as tendas dos guerreiros armadas em volta do grande carvalho, e o riacho que serpenteava lá embaixo. Arthur aprendera com o gavião a aguçar a vista e conseguia enxergar perfeitamente a noz que rolava em cima das ondas, indo cada vez mais rápido para a queda-d'água. Aliás, o gavião também estava ali, bem na sua frente. Ele ficara dando voltas no espaço durante horas enquanto aguardava a chegada do amigo.

Arthur era seu amigo, mas agora o menino precisava provar que também era seu primo. A ave de rapina abriu as asas e indicou claramente a Arthur a direção onde encontrar uma corrente de ar ascendente que permitiria permanecer mais alguns segundos no espaço e prolongar o vôo até o riacho. O menino entendeu a mensagem e, com um pequeno sinal de cabeça, agradeceu ao gavião. Ele inspirou profundamente, abriu os braços ao máximo, como lhe ensinara a ave de rapina, e jogou-se da falésia para o vazio. Muito impressionado com a altura, Arthur não respirou durante o primeiro segundo. Mas ele logo entrou em contato com a pressão do ar debaixo dele e modificou a posição das mãos para voar na direção da corrente de ar ascendente que a ave de rapina indicara. Quando sentiu a corrente de ar quente que subia ao longo da falésia, ele penetrou nela para prolongar o vôo. Essa era a única maneira de chegar ao riacho, porque ele estava muito distante para mergulhar dali mesmo. Arthur relaxou um pouco o corpo e esticou mais os braços. Ele acompanhou o gavião, que indicava o caminho com os olhos, e, para sua grande surpresa, o menino percebeu que voava como um pássaro. Arthur mal tivera tempo de sorrir quando se chocou com a superfície do riacho.

Aquele segundinho de prazer, quando se dera conta de que estava voando, custara caro. Ele dera uma tremenda barrigada na água, como um pássaro que se choca contra uma janela envidraçada. Mais esperto, o gavião tivera o reflexo de modificar sua trajetória rente à água e subira imediatamente para os ares.

"É mais fácil quando se tem asas!", pensou Arthur segurando com as mãos a barriga avermelhada pelo impacto.

Mas a noz se aproximava perigosamente da cascata, e Arthur não teve tempo para se lamentar. Ele nadou até a margem, saiu da água tão à vontade como um gato molhado e começou a correr ao longo do riacho. A corrida não era nada parecida com aquela do início da prova. A lebre sumira. Bom dia, tartaruga. Mesmo assim conseguiu alcançar a beira da cascata ao mesmo tempo em que a noz. Ele caiu de bruços no chão, esticou o braço e pegou-a com as pontas dos dedos.

Um profundo suspiro de alívio escapou de seu corpo dolorido. Um suspiro animal. Arthur deitou-se na grama, que lhe pareceu mais confortável do que sua cama. Ele conseguira. Arthur não apenas recuperara a noz, mas também sua integração com a natureza.

— Por sua reintegração — disse o chefe dos matassalais entregando-lhe a medalha da Ordem do Mérito dos Guerreiros Matassalais.

A medalha era uma pequena concha com um furo por onde passava um cipó finíssimo para pendurá-la no pescoço. Agora Arthur fazia parte do clã. Ele havia sido reintegrado ao Grande Círculo da Vida.

Naquela mesma noite, ele praticamente dormia sentado à mesa do jantar, morto de cansaço.

– Você não quer comer nada? – perguntara sua mãe, que sempre se preocupava quando um prato ficava vazio.

– Quero... isso! – respondera o filho, mostrando a noz.

Ele a quebrara com o polegar, o que impressionara seu pai.

– Você não pode comer só isso – disse Francis. – Uma noz não alimenta um homem!

– Essa alimenta, sim!

– Por que essa, especificamente? – perguntou estupidamente o pai.

Francis tinha dificuldade para imaginar qualquer diferença: ele não fazia nenhuma distinção entre uma noz, uma amêndoa, uma azeitona, uma batata chips e um prato de queijo cortado à francesa. Mas seu filho sabia diferenciar um do outro perfeitamente.

– Porque esta... porque... eu a mereço! – respondera o filho, enfiando-a na boca.

Arquibaldo pigarreara para chamar a atenção do neto, abrira um pouco o colarinho da camisa e mostrara discretamente a concha que ele também usava em volta do pescoço. Eles trocaram um sorriso de cúmplices. Arquibaldo estava tão orgulhoso porque o neto também passara pela prova que não conseguiu conter um lágrima.

O grande chefe pegou um pedaço de madeira e remexeu um pouco as brasas. Todas aquelas lembranças o faziam sorrir. Arthur se saíra muito bem na prova e realmente merecera seu lugar no clã. Portanto, precisavam confiar nele. Um dos guerreiros chegou mais perto da fogueira e observou a panela que esquentava em cima das brasas.

— Quem quer mais sopa de margarida? — perguntou sorrindo.

O grupo começou a gargalhar ao lembrar o ataque de riso daquela manhã quando Arthur ainda estava entre eles.

De súbito, todo o grupo sobressaltou-se quando viu Margarida aparecer como um fantasma vingativo saído diretamente de um panelão de ferro.

— Ora, mas que coisa... Vocês são assustados demais para serem grandes guerreiros — comentou a avó, que estava muito viva e, principalmente, muito acordada.

— Desculpe, Margarida... a gente estava falando de você neste instante — gaguejou o chefe.

Mas a avó estava sem tempo para ficar ouvindo essas histórias.

— Aconteceu algo terrível! Arquibaldo precisa de vocês! Agora! — limitou-se a dizer e voltou para casa imediatamente.

capítulo 16

Os guerreiros limparam os pés no capacho da porta da casa durante pelo menos cinco minutos, o que irritou Margarida profundamente.

– Chega por hoje! Depois eu limpo! – apressou-os a avó, claramente mais preocupada com outra coisa do que com o chão da sala.

Como sempre faziam, os guerreiros entraram na sala muito tímidos. Eles nunca se sentiam à vontade naqueles aposentos de ângulos retos e tetos baixos, e o fato de caminharem um pouco encurvados não era sinal de submissão, mas servia apenas para que seus dois metros e quarenta centímetros de altura não arrancassem os lustres do teto. Francis, ou o que restava dele, estava deitado em cima do sofá com uma atadura enorme na testa. O rosto não estava somente todo inchado por causa do inseticida, mas também por causa dos hematomas que haviam aparecido depois que Francis esborrachara a cara contra o pára-brisa. Ou seja, poderíamos dizer que ele estava todo "inchamatomado". Mas, por outro lado, o vidro do pára-brisa havia provado ser bem resistente.

– Eu paguei muito dinheiro por ele – Francis informara à sua mulher ao descer do carro.

Mas, considerando a quantidade de hematomas no rosto, Francis acabaria gastando muito mais pelos tubos de pomada do que pagara pelo pára-brisa.

Esticada na poltrona, sua mulher estava tão cansada que parecia que ia adormecer. Ela não estaria tão cansada se eles tivessem seguido o caminho que Arthur e Alfredo haviam percorrido a pé, mas o marido insistira em pegar um atalho. Ele confundira o norte com o sul muitas vezes e, em lugar de seguir pela planície, passara pelo pântano – o que explicava as placas de lama seca que subiam pelas pernas da mãe de Arthur e terminavam nas coxas. O vestido dela estava todo rasgado (depois do pântano, em vez de passarem pelo pomar, eles atravessaram um campo de espinheiros) e todo manchado pelo suco de uma centena de amoras que colhera sem querer. E, já que aqueles dois turistas haviam espalhado lama por toda a sala, Margarida não insistira com os guerreiros para que terminassem de limpar os pés no capacho da entrada.

– Eles tiveram um probleminha – informou Arquibaldo, como se fosse necessário explicar.

O pai de Arthur parecia uma fava de baunilha com uma bola de sorvete de creme no lugar da cabeça, e a mãe lembrava um maço de flores secas fritas em óleo quente. Não havia nenhuma dúvida: eles haviam tido um problema sério.

— Foi um acidente de carro. Eles atropelaram um animal — explicou Arquibaldo.

Ao ouvir aquela notícia terrível, o grupo de guerreiros arrepiou-se todo.

— Ele se machucou? — perguntou imediatamente o chefe, que só estava preocupado com o que considerava essencial.

— Não! O animal está bem! Mas obrigado por se preocupar com ele — respondeu Francis, visivelmente amuado.

— Que animal era? — insistiu o matassalai.

— E eu lá sei! Um elefante ou um hipopótamo, algo assim. Quem pode saber com todos esses animais que vocês trouxeram da África? — resmungou irritado o pai de Arthur. A cabeça de Francis devia ter sido mais chacoalhada pelo choque com o pára-brisa do que aparentava, já que ele confundira um bode com um hipopótamo.

— O carro deve ter ficado em péssimo estado, não? — perguntou Min-Eral, só para mostrar que estava um pouco interessado.

— Ele não ficou em péssimo estado! Ele ficou destruído! Pulverizado! Só serve para o ferro-velho!

Francis gritara tão alto que acordou sua mulher.

— Não se irrite, querido! Não faz mal. Compraremos outro com o dinheiro do seguro — disse com muito bom senso.

— Que seguro, sua tripateta? Quem foi que registrou a ocorrência? O elefante ou o hipopótamo? — revidou o marido raivosamente em meio a uma nuvem de cuspe.

A mulher tentou encontrar palavras para acalmá-lo.

– Hum... eu acho que era um bode, querido – disse com um fiapo de voz.

Teria sido melhor se tivesse ficado muda, porque o rosto do marido mudou imediatamente de cor, como um camaleão passando embaixo de uma bandeira preta.

– Ah, é mesmo? Um bode? Mil perdões! É claro que isso muda tudo, porque, como todos sabem, um bode sabe escrever perfeitamente e nem precisa de óculos para preencher uma ocorrência porque enxerga muito bem – gritou para a mulher, crente de que dizia algo engraçado.

– Acalme-se, Francis – intrometeu-se Arquibaldo. – O principal é que vocês estão sãos e salvos, e que o bode não sofreu nada.

Francis olhou primeiro para Arquibaldo, depois para sua mulher, depois para Margarida, depois para os cinco bogomatassalais, depois para Alfredo, e perguntou-se que mal ele havia feito ao bom Deus para cair no meio daquela família de loucos. E, como era impossível conversar normalmente com pessoas de miolo mole, ele decidiu acalmar-se.

– Muito bem, o mais grave realmente não é a perda do carro, mas o fato de que Arthur desapareceu – engatou calmamente.

– Como assim, desapareceu? – perguntou Min-Eral, aprumando o corpo e batendo com a cabeça no teto.

Arquibaldo arregalou os olhos para tentar avisá-lo para não cometer uma gafe. Claro que os pais de Arthur não sabiam que o filho havia ido encontrar-se com os minimoys e que agora media apenas dois milímetros de altura.

    Dessa vez, o instinto de Francis funcionou um pouco. Ele sentia que estavam escondendo algo dele.

    – Vocês não parecem muito surpresos com o desaparecimento de Arthur – disse, franzindo os olhos como um agente da Gestapo. – Vocês sabem onde ele está?

    – Ele estava no seu carro, no banco de trás. Nós o vimos à luz das nossas tochas – respondeu hesitante o bogo-matassalai, que não tinha o hábito de mentir.

    – Isso eu sei, obrigado! Mas, quando chegamos ao posto de gasolina, o menino havia se transformado em cachorro. Sabe, como fazem em Las Vegas. Eles jogam um cobertor em cima de uma dançarina e ela se transforma em pantera – explicou Francis, tentando conter a raiva que o invadia. – Aliás, se vocês jogarem um cobertor em cima de mim, eu tenho certeza de que me transformarei num perfeito torturador! – gritou, levantando-se do sofá e ficando em pé na frente do chefe. – Vou perguntar pela última vez: onde está meu filho?

    Era a primeira vez que eles viam o pai de Arthur enfrentar alguém mais forte do que ele. A idéia de perder o filho lhe dava forças que ele nem desconfiava que pudesse ter. Ele realmente devia amar muito seu filhinho para tirar de dentro dele o que tinha de mais primitivo. O guerreiro olhou-o de cima a baixo. Ele também passou a ter um pouco de respeito por aquele homenzinho. Com um bom treinamento, o guerreiro certamente conseguiria transformá-lo em algo útil.

— Eu não sei onde seu filho está neste exato momento, mas onde quer que esteja nós confiamos nele, e nossa força está com ele. Ele voltará são e salvo – disse o guerreiro com voz calma e pausada.

O pai não ficara sabendo nada de novo, mas a informação, por mais estranha que fosse, o havia tranqüilizado. Na voz do guerreiro transparecia algo de uma grande bondade, autêntico, natural. Não era de espantar que com uma voz daquelas ele conseguisse falar com as árvores.

A mãe de Arthur estava com muita vontade de contar a conversa que tivera com Arthur, quando ele dissera que iria encontrar-se com os mini-qualquer-coisa no jardim. Mas ela tinha medo de que a informação irritasse o marido ainda mais. Preferiu ficar calada e não jogar mais lenha na fogueira, principalmente agora que o fogo de Francis parecia ter baixado um pouco.

O pai de Arthur estava tão confuso que não sabia mais com quem brigar. Ele suspirou profundamente e ficou alguns instantes assim, imóvel, o olhar perdido no nada.

— Se eu perder meu filho não terei mais nenhuma razão para viver – confessou com uma sinceridade desconcertante.

Uma lágrima deslizou por sua face e ele nem tentou enxugá-la. Francis não só estava comovido, como era comovente. Sua mulher começou a chorar como um chafariz. Tocado por aquela emoção inesperada, o chefe dos bogo-matassalais pensou: "Esses dois estão maduros para abraçar o grande carvalho".

Arquibaldo sentou-se ao lado de Francis e passou um braço em volta dos ombros do genro. Ele gostava muito daquele Francis, tão sensível, tão frágil. Um Francis que deixava os sentidos guiarem os pensamentos, e não o contrário.

— Arthur não está perdido. Ele conhece o lugar como a palma de sua mão. Ele o percorreu de uma ponta a outra durante dois meses — disse Arquibaldo gentilmente.

Francis deu outro suspiro, mas as palavras do velho homem também o reconfortaram um pouco.

— Eu sei que muitas vezes sou duro com ele, mas é porque a vida é dura nas grandes cidades, e a pessoa precisa ser muito forte para poder se defender — disse o pai de Arthur, em tom confidencial.

Arquibaldo ficou contente por poder abordar o assunto.

— A natureza ensinou-o a se defender, mas também a compartilhar. O vento quebra os galhos, mas também traz oxigênio. Às vezes, a chuva destrói as flores, mas os riachos também espalham as sementes por onde passam — explicou Arquibaldo, como bom professor que era. — Arthur aprendeu a se defender, mas também a amar. Essas duas coisas são necessárias para ter um bom equilíbrio e transformá-lo em um grande homenzinho. Aliás, é o que indica seu sobrenome, não é mesmo? Nanicalto? — acrescentou o avô com uma ponta de humor que conseguiu fazer Francis sorrir.

— É isso mesmo, o sobrenome de Arthur é Nanicalto — repetiu o pai, orgulhoso — Pequeno-grande.

Os olhares se cruzaram pela sala. Todos sorriam e pareciam satisfeitos. Até Alfredo abanou o rabo, o que equivalia a um sorriso.

– Eu confio nele – disse Francis. – Eu sei que aprende rápido e que é capaz de se livrar de situações difíceis, mas...

Ele deixou a frase em suspenso, como se tivesse medo de completá-la.

– Mas... o quê? – perguntou Arquibaldo, um pouco preocupado.

– Ele ainda... ele ainda é tão pequeno! – concluiu o pai de Arthur.

O avô teria muita dificuldade em contradizê-lo, porque sabia que naquele exato momento o neto só media dois milímetros de altura e era exatamente mil vezes menor do que os bogo-matassalais que se comprimiam na sala.

– Sim, ele ainda é muito pequeno, mas eu tenho certeza de que ele voltará dessa aventura muito mais crescido – respondeu Arquibaldo.

capítulo 17

Como Arthur acordara todo mundo, a aldeia e seus habitantes decidiram começar o dia excepcionalmente um pouco mais cedo. Eram quatro horas da manhã, ou seja, faltava precisamente uma hora e quarenta e sete minutos para o despertar oficial da aldeia.

O despertar regulamentado havia sido estabelecido escrupulosamente em função do nascer do sol. Os horários eram escritos em uma folha da estação do ano pendurada na porta do palácio. Cada um a consultava antes de ir deitar-se, e todos acordavam exatamente ao mesmo tempo, isto é, vinte minutos antes do primeiro raio de sol. O tempo era precioso, e as atividades eram cuidadosamente organizadas. Começava-se lavando o rosto, o que requeria cerca de dois minutos. Depois se esfregava o corpo com baunilha, ou com uma luva para banho feita de crina de cavalo, e passava-se um pouco do perfume preferido com alguns toques de pena de pintinho. Vestir-se demorava um pouco mais, entre um a dez minutos, dependendo de cada minimoy.

Miro era o mais lento de todos. Ele levava pelo menos doze minutos para vestir o uniforme de gala que o protocolo o obrigava a usar. Ele era o grande sábio do palácio e por isso precisava ostentar, no dia-a-dia, roupas que inspirassem respeito. Ele recuperava o tempo perdido pulando o café-da-manhã. O que não era muito bom para a saúde, mas ele realmente não tinha escolha, e, enquanto os outros se empanturravam em dez minutos, ele se contentava com alguns ovos de libélula que engolia apressadamente. Os cinco minutos restantes permitiam que cada um se dirigisse para o trabalho e tivesse tempo, como indicava o Grande Livro, de cumprimentar todos com um "bom- dia". Era um momento interessante de se observar. Centenas de minimoys saíam de suas casas e em meio a uma confusão incrível de sons perguntavam-se uns aos outros se haviam passado uma boa noite, e depois se desejavam um excelente dia, que a Deusa da Floresta certamente não deixaria de proteger. Todo aquele mundinho cruzava-se alegremente, fazia salamaleques, trocava largos sorrisos e cacarejava como galinhas velhas. Nada parecido com o ambiente das nossas cidades. Aqui, se dizemos 'bom dia' no metrô antes das sete horas da manhã é muito provável que os passageiros puxem o sinal de alarme.

Mas os minimoys viviam rodeados de felicidade e pareciam ter absorvido apenas o melhor de nossa sociedade, como se a terra na qual viviam tivesse filtrado todas as escórias do nosso mundo e todos os erros que a história nos dera tempo para cometer.

Na hora exata do nascer do sol todos os minimoys já estavam a postos em suas tarefas respectivas. O primeiro raio de sol era importante porque grande parte das atividades estava ligada à natureza. O orvalho da manhã desaparecia rapidamente assim que o sol esquentava o ar e as plantas, e era preciso colher o mais rápido possível todas aquelas gotas de cima de cada planta, sendo que cada uma tinha sabor diferente. Os novos brotos também despontavam com os primeiros raios de sol, e alguns deles precisavam ser colhidos antes que crescessem muito. Havia milhares de coisas para colher naqueles poucos minutos; era preciso aproveitar aquele breve momento quando os animais noturnos iam se deitar e os diurnos começavam apenas a despertar. Os minimoys tinham uma mísera meia hora para levar para a aldeia as melhores frutas, os melhores legumes e a água deliciosamente perfumada.

Em geral, o resto do dia era reservado para o comércio e o escambo das mercadorias que haviam sido colhidas pela manhã. Por exemplo, uma fatia de cogumelo equivalia a três gotas de água de framboesa; um botão de rosa era trocado por dez gramas de dente-de-leão. Todos comerciavam com bom humor e camaradagem. Os minimoys gostavam de discutir porque fazia parte do jogo, porém ninguém brigava. A única coisa intocável era a flor de seleniala. Para ter o direito de colhê-la era preciso ser membro da família real. A flor de seleniala jamais era trocada: ela era dada. Fosse de presente para recompensar um sujeito merecedor, fosse para o tratamento de um doente.

Essa planta maravilhosa tinha tantas propriedades que curava praticamente tudo, o que lhe conferia o status de flor real. Tomada como chá curava os maus pensamentos; passada no pão só dava boas idéias; e amassada como um purê fortalecia os bebês. Ela tinha muitas outras propriedades, mais medicinais, mas Miro era o único que as conhecia e sabia fabricar as poções que curavam tudo, qualquer coisa.

Arthur estava sentado na frente do portão da aldeia já fazia duas horas. Ele se perguntava se Selenia voltaria com os braços carregados de selenialas recém-colhidas. "Será que ela vai me dar uma de presente?", pensou e sorriu.

Mas não se dá a flor real assim, sem mais nem menos. É preciso merecê-la.

– Eu a mereci! Atravessei todas as dimensões para chegar até aqui! Eu a mereci! – disse para si mesmo em voz alta.

– Com quem você está falando? – perguntou Miro, aproximando-se por trás dele.

Arthur assustou-se e pediu desculpas. Ele estava falando sozinho para se fazer companhia enquanto aguardava Selenia.

– Ela virá, não se preocupe! – garantiu Miro sentando-se ao lado do menino.

Eles ficaram um instante em silêncio. Arthur parecia ter mais dificuldade para falar com alguém do que para ficar tagarelando sozinho.

– Como ela era quando era criança? – perguntou Arthur depois de um momento.

— Uma verdadeira peste! — respondeu Miro brincando.

Arthur não ficou muito surpreso com a resposta e sorriu.

— Eu me lembro de um dia, ela não era mais alta do que três caroços de maçã, quando ela entrou na minha cabana sem bater à porta e me comunicou com o queixo muito empinado que ia embora — contou Miro.

Arthur ficou admirado e impressionado ao mesmo tempo. Como uma menininha tivera a coragem de enfrentar uma autoridade como Miro? Arthur não conseguia se imaginar numa situação dessas. Normalmente, ele tinha uma dificuldade enorme até para pedir aos pais que o deixassem andar de patim com os colegas. Em geral, seu pai lhe negava tudo, e, quando Arthur realmente queria alguma coisa, ele tinha de pedir primeiro à sua mãe, que, com muita coragem e tenacidade, sempre conseguia dobrar o marido. Era uma ginástica exaustiva, e, com o passar do tempo, Arthur se acostumara a não pedir mais nada. Mas Selenia era feita de um material diferente...

— Eu me sinto muito lisonjeado por ter me avisado — respondera Miro. — Mas eu acho que a pessoa a quem você devia comunicar essa notícia é seu pai.

— Eu já contei tudo a ele — revidou com orgulho a princesa.

Miro disfarçou um sorriso para não ofendê-la. Ela parecia tão bonita com aquele rostinho rebelde...

— E o que foi que ele disse?

— Nada, só desmaiou. Foi por isso que vim buscar você, para você dar para ele uma poção para acordar. Eu estou indo embora e não tenho tempo para tratar dessas coisas.

O sorrisinho de Miro congelou. Ele pegou imediatamente o estojo de primeiros socorros e saiu correndo para ver o rei, que continuava desmaiado ao pé do trono real. Miro o fez respirar alguns grãos de aipo fermentado, e o rei voltou a si.

— Minha filha! – gritou ao despertar.

Quando Miro voltou para casa, Selenia já não estava mais lá.

— E a mãe de Selenia? O que foi que ela disse? – perguntou Arthur.

— Ah!... A mãe de Selenia! – suspirou Miro. – Que figura incrível! Ela perguntou para a filha: "Você gosta de mim?". Muito espantada, Selenia respondeu que claro que gostava dela. "Então, minha filha, vá para onde quiser, porque eu estou, e sempre estarei, no seu coração onde quer que você esteja."

— Uau!... Que lindo! – exclamou Arthur, que tão cedo não ouviria algo parecido na sua família.

capítulo 18

Selenia decidira que a aldeia se tornara pequena demais para ela. Aliás, o próprio pai dissera que a cada dia ela crescia mais, a olhos vistos. E, como sua cabeça crescia junto, ela certamente pretendia preenchê-la. Miro tivera a péssima idéia de explicar-lhe as tradições e avisá-la que um dia ela teria de administrar o reino. Mas, para governar um território, ela primeiro precisava conhecê-lo. Por isso ela queria viajar pelas Sete Terras. Para ter uma visão melhor das coisas. Seu impulso certamente era louvável, mas ela simplesmente esquecera que tinha apenas cem anos, o que, no nosso mundo, corresponde a três aninhos. Ela ainda era muito pequena para atravessar lugares tão perigosos, mas era tarde demais: ela já partira.

Selenia passou rapidamente pela Primeira Terra, porque era sua região e ela a conhecia de cor e salteado. Cada vez que cruzava com um minimoy, ela o cumprimentava cortesmente como mandava a tradição, mas, assim que a princesa se distanciava, o minimoy saía correndo para avisar o rei, que desmaiava sempre que imaginava sua filha se afastando dele cada vez mais todos os dias. Miro usou tantos grãos de aipo que foi obrigado a fermentar mais.

Selenia chegou à Segunda Terra, onde as grandes planícies do Norte se estendiam a perder de vista. O território era chamado de "as planícies de Lalonche-Lalonche", porque nunca se via o final delas. A grama era de uma cor amarela uniforme, o que tornava a viagem muito monótona. Ela encontrou alguns rebanhos de gâmulos selvagens, que ficaram tão contentes em receber uma visita que lhe fizeram companhia durante vários dias. Ela também cruzou com alguns nômades da tribo dos benlonche. A maioria desse povo pacífico era composto de pastores. Os benlonche eram os melhores adestradores de insetos de todo o reino e concordaram em ensinar àquela princesinha alguns dos seus segredos de adestramento. É verdade que era difícil resistir aos encantos daquele docinho-de-coco, cuja força de vontade e cujo comprometimento impunham respeito a todos. O chefe da tribo deu-lhe de presente alguns pirulitos de rosas, não para seu consumo pessoal, mas para agradar alguns dos animais ferozes que ela encontraria durante a viagem.

Uma manhã, Selenia despediu-se dos benlonche e viajou para a Terceira Terra. A fronteira era facilmente identificada: a grama baixa e amarela parava de repente na orla de uma floresta que lembrava a selva de um país tropical. Ali a paisagem era completamente diferente. As árvores eram tão altas que muitas vezes impediam que os raios do sol chegassem até o solo. A umidade era constante e havia um permanente nevoeiro. Para nós seria apenas uma leve bruma, mas para Selenia era uma cerração fechada. Os ruídos dos animais eram muito diferentes, e o fato de ouvi-los mas não vê-los deixava-a muito angustiada.

A pequena Selenia já começava a lamentar a viagem quando lembrou, um pouco tarde, que na Terceira Terra havia um povo de temíveis caçadores. Um pouco tarde porque a armadilha já se fechara no seu pé: o cipó apertou em volta dele e projetou-a no espaço. Selenia começou a gritar como um porco com um megafone. Ela gritava tão alto que os caçadores taparam os ouvidos com as mãos. Eles suplicaram e juraram que fariam qualquer coisa que ela quisesse se parasse de berrar. Os caçadores arpanões eram invencíveis em todo tipo de combate, mas ficavam totalmente sem ação quando ouviam uma criança chorar. Essa era a única fraqueza deles. Claro que quando Selenia, 'a maligna', descobriu o calcanhar-de-aquiles deles, ela se aproveitou disso com alegria. Selenia ficou quase um mês no acampamento dos caçadores, bem no meio da floresta. Ela foi apresentada ao chefe – na verdade uma chefa, chamada Decibela. Decibela era muito bonita e tinha olhos brancos magníficos. Infelizmente, ela não enxergava nada com aqueles belos olhos: Decibela era cega. Contudo, esse problema de nascença não a tornava infeliz, muito pelo contrário. Graças a esse defeito, ela desenvolvera seu sentido auditivo ao extremo e era capaz de ouvir um som muito antes de qualquer pessoa. Ela aprendera a reconhecer a voz de todos os animais e até conseguia identificar seu humor. Ela sabia tudo sobre todo mundo, até o que acontecia durante a noite, quando os olhos não servem para muita coisa. Toda a tribo se inclinara diante de seus poderes, que alguns qualificavam de maléficos, e por isso foi natural a nomeação de Decibela como chefa do clã, mais de mil luas atrás.

Selenia ficara fascinada por aquela figura, e Decibela, por sua vez, ficara fascinada por aquela criança, cuja curiosidade era insaciável. Decibela ensinou-a a reconhecer os sons, os gritos, os gemidos, as chamadas e os sussurros de cada animal. Selenia era boa aluna, e Decibela comentou que jamais encontrara uma menina com tantas capacidades.

– Você será uma boa rainha – murmurou a chefa quando Selenia se despediu e partiu para a Quarta Terra.

Assim que Selenia saiu da floresta e pisou as pastagens verdes de Patanalândia, ela foi obrigada a piscar os olhos várias vezes por causa da luz intensa e muito agressiva. Quase grosseira. Afinal, ela acabara de passar mais de um mês de olhos fechados para captar melhor os sons que Decibela pedia que identificasse.

Patanalândia era o mais vasto dos territórios dos minimoys. Ele era reservado para o gado e levavam-se algumas semanas para atravessá-lo de uma ponta a outra. Os rebanhos sentiam-se bem ali porque a terra bordejava um riacho e o capim era abundante. Também não era raro encontrar escaravelhos enormes que comiam tudo o que encontravam pela frente e deixavam no seu rastro um capim mais baixinho do que um carpete. Selenia entrou por uma das inúmeras rodovias construídas por esses insetos, que ondulavam agradavelmente através da província. A princesinha achava divertido correr por aqueles grandes corredores abertos, até que um dia ela se chocou contra um animal.

Normalmente, os dois chocados se levantam, esfregam um pouco a cabeça, pedem mil desculpas um ao outro e seguem seus caminhos. Mas, para o azar de Selenia, ela se chocara contra uma formiga, e o caso logo adquiriu proporções fenomenais. Toda a fileira de formigas fora obrigada a parar, o que causara um engarrafamento monstruoso e caótico, bem felliniano. As dezenas de formigas que haviam testemunhado a batida começaram a dar versões contraditórias sobre os fatos. Cada uma vira o acontecimento de um prisma diferente. As formigas que comandavam as fileiras, as capitãs-das-coortes, e até duas generais-de-campanha se intrometeram na história.

Depois de discutirem durante várias horas, todas concordaram que Selenia era a única responsável pelo incidente porque desrespeitara a prioridade solar. Selenia respondeu que era a primeira vez que ouvia falar dessa prioridade e que ela não fazia parte das suas. E que se as formigas tivessem colocado uma placa indicando tal coisa ela teria seguido a sinalização. Mas as formigas eram mais teimosas do que uma mula. Elas decidiram apresentar a questão ao rei.

A princesa deixou-se escoltar em silêncio. De qualquer forma, ela não teria podido fazer muita coisa porque estava circundada por uma maré de formigas tão iradas que foi obrigada a tapar as orelhas com as mãos durante todo o percurso. Sua audição ficara extremamente sensível depois da temporada na terra de Decibela, e o falatório de quinhentas mil formigas discutindo sobre uma tal de prioridade quase a ensurdeceu. Pouco depois elas entraram em um formigueiro. Selenia ficou muito impressionada. O lugar era mil vezes maior do que sua aldeia. Uma verdadeira megalópole. Cerca de dez milhões de indivíduos viviam ali em uma agitação permanente. A princesa perguntou como as formigas conseguiam entrecruzar-se tantas vezes durante o dia sem jamais sofrer um único acidente.

– É porque elas respeitam as prioridades! – respondera maldosamente a chefa-da-coorte.

Elas seguiram pela lateral da Grande Sala e pegaram um dos acessos rápidos que levavam diretamente ao Escritório Central. Durante alguns minutos, Selenia pôde ter uma visão aérea da cidade. O chão estava preto de tanta formiga. Parecia um tapete humano que não parava de formar novos desenhos, um pouco como a superfície da água quando é varrida pelo vento e brilha em mil facetas. O trânsito era tão intenso que parecia impossível enxergar uma única estrada. No entanto, todo aquele mundinho sabia exatamente para onde estava indo e o que precisava fazer. Selenia ficou tão impressionada com aquela disciplina que, quando finalmente chegou diante do rei, ela inclinou-se respeitosa. Sua Majestade suspirou profundamente quando soube do que se tratava. Ele de fato parecia não agüentar mais que suas súditas viessem lhe encher as antenas cada vez que acontecia um probleminha como aquele. Elas o consultavam sobre tudo e qualquer coisa. Ele precisava solucionar milhares de questões por dia, cada uma mais boba do que a outra, quando o que o preocupava realmente, e era um verdadeiro problema, era o Grande Texto.

Os anciãos haviam gravado na pedra todas as regras que deviam ser respeitadas para que a comunidade vivesse em harmonia. As regras eram comprovadamente boas. Elas eram necessárias porque era impossível organizar a vida de dez milhões de formigas da mesma forma como a vida de uma centena de minimoys. O rigor e a eqüidade eram fatores importantes, o individualismo havia sido banido, e qualquer manifestação de criatividade era fortemente desaconselhada.

Selenia não conseguiria viver mais do que dez minutos naquelas condições, mas ela não teve escolha. O rei deu a sentença e condenou-a a cumprir dez dias de trabalho de interesse geral. A decisão era inapelável. Selenia se sentiu ultrajada. Como podiam condenar uma princesa do seu nível sem nem ao menos lhe dar a palavra uma única vez para se defender? Mas as leis das formigas não admitiam qualquer discussão. Nos primeiros dias, ela não comera nada sob o pretexto de que não estava com fome. Mas, quando a noite caía e a barriga roncava como um gâmulo, ela lamentava sua arrogância, e logo aprendeu a comer como os outros, seis vezes ao dia. Com o tempo ela passou a apreciar aquele ritmo rigoroso, que, bem empregado, não lhe fazia nenhum mal. Ninguém tinha privilégios, mas também ninguém era excluído. Todos compartilhavam o mesmo trabalho, e cada um comia até saciar a fome. Depois de cumprir a sentença, Selenia foi levada novamente à presença do rei e agradeceu a ele por aquela experiência.

– Você será uma boa rainha – respondeu o soberano, o que desencadeou imediatamente uma série de queixas das formigas, porque na pedra estava escrito que era proibido emitir qualquer distinção honorífica.

Para os padrões de uma formiga, o rei acabou demonstrando uma ira colossal:

– Vocês me enchem as antenas!

Ao ouvirem aquele grito, dez milhões de formigas ficaram imóveis, como se ele tivesse criado um vácuo no tempo ou no espaço, ou elas tivessem sido atacadas por um vírus de computador.

O rei aproveitou aqueles segundos de calma absoluta para respirar profundamente.

– Muito bem! Retomem as atividades normais! – gritou para recolocar a máquina em marcha.

O tapete vivo se repôs em marcha sem fazer comentários. Mesmo que ninguém conseguisse explicar o motivo, aquele momento de cólera do rei foi anotado no Grande Relatório, que as formigas mantinham atualizado fazia séculos. Uma boa descompostura de vez em quando faz bem onde quer que aconteça, e ponto final.

A Quinta Terra era a menor do reino. Lá havia um pouco de tudo. Um riacho ao Norte, grandes desfiladeiros da cor de tijolo cobertos por uma vegetação luxuriante ao Sul, e a Oeste surgiam os primeiros vestígios de civilização humana. Os koolomassais eram os senhores daquele território instável, que mudava de aspecto depois de cada colina. O terreno irregular e acidentado certamente influenciara o caráter de seus habitantes, porque os koolos eram os maiorais da conversa-fiada. Eles nunca diziam sim nem não, com eles era sempre talvez. Eles mudavam de opinião como trocavam de chapéu, o que lhes permitia entender-se com todos, e por isso tinham uma certa aptidão para os negócios ligados à diversão. Todos eram donos de bares ou danceterias da região. Para dizer a verdade, eles eram os reis da conversa-fiada, das conquistas femininas e, de vez em quando, dos ladrões.

É claro que as formigas e os koolos não podiam se ver nem pintados – o que não fazia a menor diferença, porque as formigas não tinham o direito de pintar, e os koolos eram preguiçosos demais para pegar em um pincel.

Depois de ter passado algumas semanas dentro de um formigueiro, Selenia não viu nada de mau em entrar no primeiro bar que encontrou para beber alguma coisa. O local chamava-se *"Stunning rapids bar"*, ou, traduzido na língua dos minimoys, o "Incrível Bar das Corredeiras do Diabo". O nome devia-se às grandes quedas-d'água que ficavam nas proximidades e cujo barulho ouvia-se sem parar. O estabelecimento era administrado pelo famoso Max, que Selenia nunca tivera o prazer de conhecer. Ela pediu um Joca Flamejante, a bebida local, e ficou surpresa como a bebida matava a sede.

Depois de tomar mais alguns Jocas Flamejantes, ela dançara com todo mundo. As primeiras vezes dançara bem mal, mas a princesa aprendia depressa. Depois do terceiro bar ela foi eleita a Rainha da Dança. Embora o Joca Flamejante realmente matasse a sede, Selenia logo percebeu que ele tinha a particularidade de deixá-la com uma terrível dor de cabeça quando acordava no dia seguinte, o que a fez abandonar aquela terra das indecisões e viajar para a seguinte.

O Sexto Território não fazia apenas fronteira com o mundo dos humanos, mas embrenhava-se diretamente no seu interior. Suas terras haviam se infiltrado debaixo do asfalto que circundava a garagem, e grandes extensões de grama de um tom marrom haviam crescido até atingir as fundações da casa. O céu acima da cabeça de Selenia foi trocado por um conjunto de tábuas de madeira presas no asfalto.

Selenia seguiu ao longo de uma falésia de tijolos coberta de musgo. As torrentes e as quedas-d'água eram freqüentes, e, como os minimoys detestam a água, ela teve muita dificuldade para atravessar aquele território inóspito e entrecortado de muretas que ela levava um dia para transpor cada vez que topava com uma. Exausta depois de tantos exercícios, ela pegou um dos pirulitos cor-de-rosa que ganhara dos benlonches e o ofereceu para uma aranha, para amansá-la. Mas o animal era um pouco arredio e não se deixou domar facilmente. Selenia foi obrigada a dar mais três pirulitos para ela até conseguir montá-la. O resto da viagem foi bastante agradável. Selenia se amarrara muito bem nas costas da aranha, que subia pelas paredes verticais, corria por cima dos pântanos e atravessava os cursos de água usando seu fio como um cipó. A princesa conseguira observar todas essas paisagens sem se cansar e sem se sujar nem uma vez. Ela até adormecera nas costas do animal, que se deslocava com muita elasticidade e sem provocar solavancos. As oito patas amortizavam todas as irregularidades do terreno, compensavam as diferenças de nível e formavam uma cama tão macia e tão confortável como os beliches do trem de luxo Orient-Express, só que mais peluda.

capítulo 19

A aranha parou de repente assim que chegaram aos limites da Sétima Terra. Ela se recusou a seguir adiante, e nenhum pirulito do mundo conseguiria fazê-la mudar de idéia. Selenia agradeceu pela amável companhia e devolveu-lhe a liberdade.

Mas não eram apenas as aranhas que se recusavam a se aventurar naquelas terras proibidas. Ninguém queria ir para lá. Alguns por superstição, mas a maioria porque não tinha absolutamente nada para fazer lá. A Sétima Terra era uma extensão de terra plana e deserta. Nenhuma planta aceitara crescer ali, nenhum animal se dignara a viver lá. A terra era preta, queimada até as profundezas. Selenia perguntou-se o que teria provocado um cataclismo daqueles. Mas, quando viu uma placa com o sinal de uma caveira, ela logo entendeu. Ela estava entrando na Nonolândia. De acordo com o Grande Livro, aquelas terras haviam sido queimadas pelas tropas de M., o Maldito. Aquele território era a fronteira de seus domínios, e ele destruíra tudo o que havia ao redor para proteger-se contra as invasões. Quando uma pessoa se deslocava pelas terras da Nonolândia, ela ficava imediatamente visível, pois não havia nem um fiapo de capim atrás do qual pudesse se esconder.

Os soldados seídas já haviam avistado Selenia. Eles estavam apenas deixando aquela infeliz se aproximar deles. Selenia caminhava a passos largos, decididíssima a puxar as orelhas do tal de M. e cobrar algumas explicações a respeito daquele desastre ecológico. A princesinha era ainda muito jovem para ter medo do perigo. Ela não conhecia limites e considerava a Grande Lei da Natureza mais forte do que tudo porque regulava a ordem das coisas. Portanto, seria a natureza, que Selenia se encarregara de representar, que castigaria aquele tal de M. e que faria toda a vegetação brotar de novo. Realmente, era preciso ter só cem anos para ser tão ingênua.

Uma rede gigantesca escondida debaixo da areia do chão fechou-se sobre Selenia. Os soldados seídas apareceram imediatamente. Deitados no chão e com suas armaduras cinzentas, eles haviam ficado tão invisíveis como um camaleão. Alguns musticos também se aproximaram. Era a primeira vez que Selenia via um desses bichos. Os pobres animais haviam sido transformados em verdadeiras máquinas de guerra, e seus arreios deviam pesar algumas toneladas. Por força de maus-tratos e privações, os seídas haviam conseguido tornar suas montarias mais dóceis do que um pudim. Eles engancharam a rede debaixo de um mustico, e Selenia foi transportada pelo ar até os limites da cidade de Necrópolis, no centro das Terras Proibidas. A cidade havia sido construída no porão da casa de Arquibaldo.

O cheiro era insuportável. Quase não havia ar, que dera lugar aos eflúvios do gás e dos vapores de gasolina. Selenia sentiu-se tonta e, por um breve momento, achou que a viagem terminaria ali. Mas a gente se acostuma a tudo, até ao pior.

Os seídas depositaram a rede aos pés de M., o Maldito, isto é, aos pés de Maltazard. Ele era ainda mais feio pessoalmente do que nas descrições do Grande Livro. O rosto estava sulcado pelo tempo, o corpo devorado pela doença. As pessoas passavam mal só de olhar para a cor daquela pele, que lembrava aquelas fotografias de fígados de alcoólicos que os médicos nos mostram para pararmos de beber, até mesmo um Joca Flamejante. Quando Maltazard viu a princesinha, ele começou a rir, e o ataque de riso levou quase uma hora para passar. Ele ria por causa de sua boa sorte. Ele não parava de multiplicar as armadilhas para pegar os minimoys, e eis que a própria filha do rei vinha cair no seu colo como um pedaço de carne crua dentro do bico de um filhote de ave de rapina. Não lhe restava outra coisa a fazer a não ser rir e agradecer à Deusa da Floresta pelo presente. Ele sacrificaria Selenia em honra da deusa. Muito digna, a princesa empinara o queixo e rira na cara dele.

– Morrer? E por que não? – respondeu, altiva como uma diva.

Ela também disse que havia aprendido tantas coisas durante a viagem que deixaria este mundo sem se lamentar. Sua atitude desestabilizara um pouco Maltazard. De que adianta torturar um prisioneiro se ele é insensível à dor? Mas Maltazard não era o Senhor das Sombras por acaso. Sua mente era mais tortuosa do que as raízes de uma árvore milenar, e ele merecia o posto que ocupava.

— Se você não tem medo de sofrer, talvez sinta medo pelo sofrimento daqueles que lhe estão próximos... — sussurrara através de um sorriso maquiavélico.

Embora Selenia ainda não soubesse o que ele queria dizer com isso, ela sentiu um arrepio nas costas, como se seu corpo tivesse entendido antes de sua cabeça. Maltazard enviara uma mensagem para o rei dos minimoys, o pai de Selenia. Ele a gravara de próprio punho nas costas de um seída — o único jeito de aquele imbecil não perdê-la — e enviara junto um segundo seída, novinho em folha, para que o rei gravasse a resposta nas costas dele e o enviasse de volta.

A mensagem de Maltazard era uma negociação, uma troca, uma proposta tão odiosa que o rei desmaiou três vezes antes de conseguir lê-la até o fim. Maltazard escrevera que mataria sua filha lenta e dolorosamente. Contudo, como prova de sua magnanimidade, ele aceitava poupá-la com uma condição: a rainha deveria tomar o lugar da filha. Claro que o rei recusara, e ainda por cima quebrara todo o palácio para dar vazão à sua cólera. Mas a rainha preparara sua mala com tanta calma e dignidade que todos os minimoys começaram a chorar. Ela beijou o marido ternamente e mergulhou seus olhos nos dele. Havia tanta força e convicção naquele olhar que o próprio rei não teve a coragem de dizer nem uma palavra.

— Durante mais de dois mil anos você me deu tudo o que uma mulher poderia sonhar. Qualquer queixa seria descabida — dissera a mulher com sua voz tão doce.

Em seguida, ela o beijou longamente. Tudo o que ainda lhe restava de vida passou naquele beijo. Maltazard teria de se contentar com uma concha vazia. É claro que Selenia não sabia dessa troca odiosa, porque senão ela provavelmente teria dado sua vida para salvar a da mãe. A jovem princesa só descobriu aquela verdade insuportável depois que voltou para a aldeia.

Sua mãe desaparecera para sempre entre as garras de Maltazard. Selenia ficou muito abatida e não comeu durante meses. Ela aprendera tantas coisas naquela viagem, mas essa última lição certamente era a mais dura de todas. Ao desobedecer a seu pai, Selenia perdera a mãe. Ela jurou para si mesma que nunca mais desobedeceria, nem ao pai, nem ao Grande Livro, que ela levara anos aprendendo de cor, como se sua salvação e sobrevivência dependessem dele.

Em um dia do mês de maio, ela abriu o Grande Livro na página 7.225. Nela, havia apenas uma frase: "Tudo o que não me mata me torna mais forte". O autor era um tal de Arquibaldo, um benfeitor do qual ela já ouvira falar muito. Como ela não estava morta, ela entendeu que ficara mais forte. Selenia acabara de completar quinhentos anos, a idade quando uma menina passa a ser considerada oficialmente uma moça.

capítulo 20

Arthur olhou para Miro, que terminara a história e choramingava. O menino estava tão fascinado como uma rã na frente de uma mosca. Só agora ele percebera que casara com Selenia sem conhecê-la de verdade. Suas primeiras aventuras os haviam aproximado, mas ele ignorava tudo sobre o passado da princesa.

– Obrigado por me contar essas coisas – agradeceu a Miro. – Agora eu entendo tudo melhor.

A idéia de perder a mãe daquela forma e pagar tão caro por uma falta tão pequena comovera demais Arthur, porque ele também desobedecera ao pai. Ele fugira e só fizera o que lhe dera na cabeça. Arthur sentiu um calafrio percorrer seu corpo. Ele não queria que sua aventura também acabasse mal, nem que sua querida mãezinha desaparecesse para sempre. Arthur jurou que voltaria depressa para casa. Ele cumprimentaria rápido sua princesa para certificar-se de que ela estava bem, voltaria imediatamente para a Sala das Passagens e passaria pela luneta antes do primeiro raio de sol, como o aconselhara tão seriamente o chefe dos matassalais.

– Que horas são?

Miro consultou o relógio de areia.

– O sol surgirá em exatamente cinco minutos – respondeu a pequena toupeira.

Arthur suspirou. Claro que ele esperava que não tivesse acontecido nada com a princesa e que ela estaria de volta o mais rápido possível, mas a idéia de vê-la apenas por um minuto depois de tudo o que ele acabara de passar não o alegrava nem um pouco. Mas talvez devesse tirar uma lição de tudo isso... Ele refletiu um momento e concluiu que seria capaz de percorrer a Terra inteira para vê-la, nem que fosse apenas por um segundo. E, mesmo se esse segundo nunca acontecesse, ele daria outra volta pelo planeta para tentar a sorte novamente. Era isto o que esta aventura lhe ensinara: que seu amor por Selenia continuava intacto, puro, sem limites. Esse ensinamento deixou Arthur muito feliz, e ele começou a sorrir.

– Muito bem! Vamos para a Sala das Passagens. É melhor do que ficar aqui.

Miro ficou surpreso ao vê-lo tão adulto de repente.

– Uma decisão sábia, Arthur – respondeu com um sorriso de satisfação no canto da boca.

Os dois amigos se levantaram, deram as costas para o portão da aldeia e começaram a se afastar.

* * *

Mas a Roda da Vida, que regula tudo, independente de qualquer circunstância, às vezes utiliza umas engrenagens muito maliciosas, que nós chamamos de 'caprichos do tempo'. O nome é muito poético para uma simples roda dentada, porém mais simpático do que aquele nome bárbaro que os homens lhe deram: coincidência. Aos ouvidos dos minimoys essa palavra soava como um instrumento de tortura.

"Confesse ou eu o coloco na coincidência!", costumavam dizer uns aos outros para ilustrar a visão que tinham da palavra.

A palavra não tinha uma boa reputação nem no Grande Dicionário Minimoy: ela havia sido colocada entre os vocábulos 'coice' e 'indigesto', o que comprovava perfeitamente a pouca afeição que sentiam por ela.

Alguns anos antes, Arquibaldo bem que tentara explicar aos minimoys a verdadeira natureza daquela palavra, que às vezes ela aproximava as famílias, ou facilitava os acontecimentos, ou trazia coisas boas. Mas o rei e seus conselheiros não quiseram nem saber. Para eles a coincidência não existia, não passava de uma noção filosófica e, como o ser humano atravessara séculos de barbárie até chegar à filosofia, a idéia de serem obrigados a passar por toda a Idade da Pedra para entender o sentido de uma palavra, por mais filosófica que fosse, estava fora de questão.

A Roda da Vida programara a batida, 'toc-toc', na porta da entrada do reino dos minimoys para o exato momento em que Arthur se dirigia para a Sala das Passagens. A natureza sabe o que faz. Alguns segundos a mais e Arthur nunca teria ouvido aquele chamado e nem saberia quem batia à porta.

– É Selenia! – gritou o menino, enrijecendo o corpo como um bambu.

Ele ficou tão reto que chegou a medir um milímetro a mais. O rosto iluminou-se como a Torre Eiffel à meia-noite.

– É ela! É ela! Eu tenho certeza de que é ela! – gritou, saltitando como um cabrito.

Arthur voltou correndo para o portão e nem se lembrou de olhar primeiro pelo periscópio. Miro pensou em dizer que era uma das regras fundamentais da segurança e que não devia ser ignorada em nenhum caso. O velho sábio poderia dar tantos exemplos catastróficos a respeito que precisaria de um dia inteiro. Mas Arthur não lhe deu tempo nem para abrir a boca. Ele jogou-se em cima da barra que bloqueava o portão de um lado a outro e começou a empurrá-la com toda a força.

Todos os minimoys haviam ouvido os gritos de Arthur, e a guarda real aproximou-se correndo da porta que o menino tentava abrir sem a menor prudência.

– Seu infeliz, o que está fazendo? – gritou o rei para o menino.

– É Selenia! Eu tenho certeza de que é Selenia! – respondeu Arthur, sem conseguir refrear seu entusiasmo.

Ele puxou o portão como um louco até conseguir abri-lo.

Arthur tinha razão. Selenia realmente estava ali. Ele abriu um sorriso dos mais radiosos. O que não foi o caso da princesa. Seu rosto estava sério, sulcado pelas lágrimas, devastado pela vergonha e pela tristeza. Provavelmente por causa da faca apontada para seu pescoço, do braço poderoso que quase a estrangulava, daquele Maltazard desprezível que a mantinha prisioneira. O sorriso de Arthur desmoronou em um segundo como um castelo de cartas. O sangue de Miro congelou, e seu rostinho ficou todo azul. Quanto ao rei, esse desmaiou. Selenia olhou para Arthur com os olhos rasos d'água. Ela queria tanto dizer como estava feliz e aliviada de vê-lo ali, tão perto dela. Mas a lâmina da faca a impedia de emitir o menor som, mesmo que ela abrisse a boca.

– Que prazer em revê-lo, jovem Arthur! – disse Maltazard com um tom de voz tão agradável como uma serra elétrica cortando uma barra de ferro.

O som daquela voz estremeceu toda a aldeia, e os minimoys ficaram paralisados por aquela visão de horror que voltara para invadi-los.

Todos acreditavam que Maltazard havia desaparecido no meio dos escombros de Necrópolis. Infelizmente ele estava muito vivo e marcava seu retorno da maneira mais sanguinária. E um seqüestro era o mínimo que se podia esperar de uma pessoa tão maquiavélica.

– Que lindo colar – ironizou Maltazard quando viu a concha pendurada no pescoço de Arthur. – Seja bem-vindo ao Grande Círculo da Vida, meu caro primo – acrescentou com um risinho zombeteiro.

Arthur teria ficado muito feliz se pudesse saltar em cima dele e mostrar-lhe todas as habilidades de um tigre, mas

Maltazard foi mais rápido e pressionou a faca contra o pescoço de Selenia. Arthur interrompeu o impulso e não se mexeu. Salvar uma princesa com a garganta cortada não serviria para nada. Ele precisava pensar. Encontrar outra solução. Ganhar tempo.

– Eu sei como Selenia perdeu a mãe. Miro me contou tudo – disse para desviar a atenção de Maltazard.

– Bela história, não é mesmo? Mas eu vou lhe contar uma mais simpática ainda. Você terá muito material para ler sentado ao lado de uma lareira nas belas noites de inverno – respondeu Maltazard, sempre sarcástico.

O odioso M. empurrou a prisioneira para frente e entrou na aldeia. Arthur começou a recuar na frente dos dois enquanto tentava encontrar uma maneira de atrasar seu avanço e dar tempo para os minimoys. Tempo para pensar em alguma coisa, qualquer coisa, desde que salvasse Selenia. Mas os minimoys não tinham espírito de luta nem eram astuciosos. Eles estavam tão despreparados para um caso desses como uma galinha na frente de uma bomba atômica.

– Por que não faz comigo o mesmo que fez com a rainha? Eu agora sou um príncipe. Tenho tanto valor quanto uma princesa. Vamos fazer uma troca: minha vida pela dela! – sugeriu Arthur.

M., o Maldito, parou.

– Nãããoǃ – gritou Selenia e começou a se debater.

Maltazard teve muita dificuldade para imobilizá-la e precisou usar toda a força do braço que ele mantinha em volta do pescoço de Selenia. A pressão era tão forte que a princesa não conseguiu mais se mexer e começou a revirar os olhos.

– É muito gentil da sua parte, jovem Arthur. Há alguns anos eu até que acharia a troca divertida. Mas hoje minhas ambições são muito maiores e sua vida miserável não me interessa – respondeu Maltazard com o mesmo desprezo de um milionário diante de um bilhete de ônibus.

– Podemos saber que tipo de plano Vossa Alteza, Vossa Grandeza Seréníssima tem em mente? – perguntou Arthur, tentando usar a adulação.

No que fez bem, porque a adulação sempre funciona com ditadores e outros malucos da mesma espécie. Maltazard fez uma pose como se estivesse dando uma entrevista.

– Eu tenho grandes projetos. O primeiro será abandonar estes territórios miseráveis que não estão à altura das minhas ambições – declarou, como se estivesse recitando um trecho de uma peça de teatro. – Em seguida, partirei para outras paragens, mais dignas da minha grandeza e do meu talento. Eu decidi pensar mais alto – concluiu, apontando o dedo para o teto.

Arthur começava a entender.

– Foi você que me mandou a mensagem no grão de arroz? – perguntou como se tivesse acabado de decifrar todo o enigma naquele exato instante. – Você me mandou a mensagem de socorro porque sabia que eu faria qualquer coisa para salvar meus amigos e que tentaria chegar até eles usando o raio para abrir o portão que dá para o país dos minimoys. Você não quer 'encolher'! Pelo contrário, você quer é 'crescer'! Ao mesmo tempo que eu abria o caminho para chegar aos minimoys, eu também abria o caminho inverso para você chegar aos humanos.

Maltazard certamente teria aplaudido Arthur se seus braços não estivessem ocupados com Selenia.

– Bravo, meu rapaz, você realmente é muito perspicaz – cumprimentou-o Vossa Alteza.

Maltazard tivera tanta dificuldade para encontrar um grão de arroz que precisara organizar toda uma expedição para conseguir achar um. Primeiro ele viajou até o fundo da Sexta Terra, onde procurou um passador de nível que conhecia a casa dos humanos como a palma da mão. Quando descreveu o alimento que procurava, o passador indicou imediatamente a cozinha. Para chegar ao andar térreo, Maltazard passou pelas canalizações verticais. Margarida foi o primeiro humano com quem deparou. Ela estava ocupada na cozinha, e Maltazard ficou fascinado com a precisão com que a avó de Arthur preparava a comida. E também com todos aqueles instrumentos, aquele fogão que acendia um fogo quando se girava um botão, aquela água que escorria quando se abria uma torneira, aquele liquidificador que batia as frutas em poucos segundos e as transformava em purê. Tudo o deixara maravilhado. O moedor de pimenta, a torradeira que fazia o pão saltar no ar, a geladeira que guardava um pedaço do inverno em pleno verão e, principalmente, aquele instrumento todo retorcido que fazia saltar as rolhas das garrafas.

Mas o utensílio que certamente o fascinara mais era aquele que Margarida usava para cortar legumes. A avó se deixara convencer por um vendedor que fazia uma demonstração no supermercado e acabara comprando toda uma coleção de lâminas que cortavam os legumes em formas decorativas. Por exemplo, ela podia transformar um rabanete em uma flor, fazer uma renda com clara de ovo cozida e transformar uma fatia de nabo em uma estrela de cinco pontas. Margarida passara uma hora na cozinha experimentando cada uma das lâminas em todas as frutas e todos os legumes que encontrara na geladeira. A demonstração deixara Maltazard embasbacado. Toda aquela criação e todo aquele talento voltados apenas ao prazer de embelezar a comida. Seus olhos começaram a lacrimejar, algo que acontecia muito raramente. Em primeiro lugar, porque ele evitava chorar – as lágrimas eram ácidas e ardiam demais. E, em segundo lugar, porque sua mente doentia o impedia de ter acesso à emoção.

Mas, naquela cozinha, diante daquele ato de criação absoluta, daquela arte efêmera que juntava a voluptuosidade e a geometria, Vossa Alteza se desmilingüira. Ele se sentira reviver, como se seu coração, desativado fazia tanto tempo, recomeçasse a bater. Normalmente, em vez de um concerto de Mozart, Maltazard só ouvia as marteladas de um pica-pau dentro da sua cabeça. Mas agora sua vida sofrera uma mudança radical. Aquela senhora idosa o encantara, e ele ia todos os dias à cozinha para vê-la. Ele até chegou a dormir dentro de um dos armários algumas vezes, mas um ser horroroso o surpreendera no meio da noite e soltara um jato de gás tóxico em cima dele. Como Maltazard já estava todo podre por dentro, o jato daquela bomba não teve nenhum efeito sobre ele.

Ele também conheceu a mãe de Arthur e a achava muito engraçada. Quando ela procurava um copo, ela abria todos os armários sem parar de reclamar até desistir de beber. Depois de alguns dias, até M. sabia onde estavam os copos, os pratos, os talheres e todos os outros utensílios.

Ele também sabia onde Arquibaldo escondia a pequena garrafa de uísque que ele acariciava de vez em quando. Maltazard trancara Arquibaldo em uma de suas famosas prisões de Necrópolis durante mais de três anos. Mas Arquibaldo era um homem bom. Todos os dias ele consertava alguma coisa a pedido de Margarida. Um dia era a pia entupida, outro dia a porta de um armário que rangia. Ele afiava as facas, removia a ferrugem das máquinas, consertava o ventilador e as outras modernidades que costumavam enguiçar com regularidade. Maltazard ficou maravilhado quando viu como aquele casalzinho se ajudava um ao outro e comovido com a feliz cumplicidade que reinava ali. Ele jamais tivera um relacionamento assim com ninguém, nem mesmo com seus pais, que o haviam abandonado logo depois de seu nascimento. O amor, a cumplicidade, a amizade, a partilha. Tudo isso era totalmente desconhecido para ele. Já fazia bastante tempo que ele se habituara a não compartilhar nada. Foi então que decidiu invadir aquele novo mundo que o atraía tanto e tornar-se seu Senhor Absoluto, o que não apresentava nenhum problema para ele. Mas ele também jurou solenemente que, assim que se apoderasse das rédeas do seu novo reino, ele elevaria Margarida ao nível de Cidadã Honorária e a nomearia Grande Chefe da cozinha real.

Enquanto isso, Maltazard conseguira roubar um grão de arroz de Margarida e o levara para um mestre-gravador. Maltazard descobrira o artista em um bar da Quinta Terra, no famoso Stunning Rapids Bar de Max. O gravador era o mais talentoso da cidade, e as pessoas disputavam seus serviços a peso de ouro para que criasse tabuletas chamativas na pedra para atrair novos clientes. Ele estava sempre muito ocupado, e seu caderno de pedidos estava todo preenchido pelas próximas dez luas, pelo menos. Mas, ao ver Maltazard, o Maléfico, o artista teria gravado qualquer coisa em tempo recorde.

Agora Vossa Alteza precisava encontrar um mensageiro, e havia alguém melhor do que uma aranha para entregar uma mensagem? Ele entrou em contato com a Expresso Tarântula. Claro que o dono da empresa era um benlonche, porque, como já sabemos, o adestramento de animais era a especialidade desse povo. O proprietário chamava-se Din-Heiro. Sua pequena empresa nunca ouvira falar de uma crise e chegava a ostentar uma prosperidade indecente. Ele realizava 90% dos seus negócios na Quinta Terra graças aos koolomassais, que eram preguiçosos demais para entregar suas mensagens pessoalmente.

Portanto, nosso benlonche estava muito bem de vida, embora não deixasse de ser espantoso que um nômade da Segunda Terra tivesse tanto êxito nos negócios. Mas, em se tratando de negócios, ele acabara de encontrar um mestre. Maltazard entrou no escritório, recusou o convite para sentar-se e propôs um acordo muito simples para Din-Heiro: o benlonche adestraria uma aranha para levar uma mensagem para Arthur; em troca ele, Maltazard, pouparia a família do animal e a vida do proprietário. A proposta era irrecusável, e Din-Heiro aceitou-a imediatamente.

– E foi assim que o grão de arroz chegou até você, meu jovem amigo – disse Maltazard, muito orgulhoso de seu maquiavelismo.

E essa longa história fizera com que todos ganhassem tempo, mas ninguém o aproveitou. Os minimoys eram uns grandes sentimentais e haviam se sentado para acompanhar a narrativa de Maltazard com muito interesse. Arthur estava furioso. Desse jeito ele nunca conseguiria salvar sua princesa!

– E agora chega de conversa! – exclamou Maltazard, empurrando sua refém para a Sala das Passagens. – O sol não vai demorar a nascer, e eu quero estar lá para ver – acrescentou, com uma risada tão entrecortada como um carro engasgado.

Maltazard entrou na famosa Sala das Passagens, seguido de Arthur, Betamecha e Miro. Eles eram os únicos com coragem suficiente para ousar enfrentar o Senhor das Trevas, que, ao passar pelo casulo do passador, aproveitou para cortar o invólucro com a unha. O velho caiu no chão como uma pêra madura.

– Essas idas e vindas ainda vão demorar muito? – resmungou o passador, como era seu costume.

– Esta é a última – afirmou Maltazard sorrindo. – Depois você poderá dormir em paz.

O velho passador olhou nos olhos daquele ser horroroso, mas não ficou nem um pouco impressionado.

– Ora, vejam só! Se não é o pequeno Maltazard! Há quanto tempo que eu não o via! E como você cresceu! – comentou automaticamente.

Maltazard não gostava dos arrogantes, ainda menos daqueles que o tratavam com familiaridade.

– Sou eu mesmo! E ainda vou crescer muito – afirmou sem a menor dúvida.

– Você faria melhor se fosse dormir em vez de ficar pensando em crescer. Já olhou para sua cara? Uma boa cochilada faria muito bem a você! – contestou o passador.

– Cala a boca, seu velho maluco! Ou você dormirá o sono eterno! – gritou Maltazard, incapaz de controlar sua raiva.

Selenia tentou aproveitar a ocasião para escapar, mas Maltazard apertou ainda mais os braços em volta dela. Mais um pouco e a lâmina da faca teria rasgado a pele da princesa.

– Acalmem-se todos! – gritou Arthur com uma autoridade surpreendente.

A tensão diminuiu, e até Selenia parou de gesticular.

– Se você quer ir para o mundo dos humanos, vá! Mas deixe Selenia aqui! – ordenou Arthur.

Maltazard sorriu, o que nunca era algo agradável de se ver.

– Não se preocupe, meu jovem amigo. Eu não tenho a menor intenção de levar essa pestinha comigo. Lá em cima há muitas pessoas à minha espera que ficarao bem felizes em me servir.

Era impossível confiar em um ser tão ignóbil. Mas, dessa vez, Arthur tinha certeza de que Maltazard estava dizendo a verdade.

A idéia de ver Maltazard passar para o mundo dos humanos não alegrava Arthur nem um pouco, mas, se esse era o preço a pagar para salvar sua amada, então não havia o que discutir. Ele cuidaria de Maltazard depois.

Arthur fez um sinal para Miro, que entendeu na hora o que o menino tinha em mente.

– Passador! Comece o processo! – Miro ordenou.

capítulo 21

Os bogo-matassalais continuavam sentados ao redor da fogueira com os rostos voltados para a colina atrás da qual o sol não demoraria a aparecer. A luneta permanecia no mesmo lugar, tão muda como um farol abandonado. O fogo crepitava um pouco, e o chefe viu que as chamas haviam mudado de cor. Ele passou a mão por cima do fogo e depois a enfiou diretamente no meio das chamas.

– O fogo parou de esquentar – comentou Min-Eral, preocupado. – Os maus espíritos estão aqui, eles estão saindo da terra.

A terrível notícia foi recebida em silêncio. Os bogo-matassalais se deram as mãos para formar um círculo protetor, uma corrente de calor para lutar contra aquelas ondas glaciais que subiam do além-túmulo. Os primeiros raios do sol acariciaram a crista da colina e encheram de luz a floresta de Chanterelle, que ficava a dois quilômetros da casa. Arthur tinha apenas um minuto para voltar para seu mundo. Depois seria tarde demais, depois ele ficaria preso para sempre na terra dos minimoys. Mas quem se preparava para passar pela luneta naquele momento era Maltazard, e não Arthur.

O passador pegou o último dos três anéis, o da alma, e deu uma volta completa nele. Conhecendo Maltazard como o conhecemos, é o caso de nos perguntarmos se sua alma lhe servirá para alguma coisa lá aonde estava indo.

Arthur estava nervoso e não parava de retorcer os dedos. Betamecha, que era menos corajoso, escondera-se atrás do amigo. Miro estava um pouco afastado dos dois. Com ar distraído, ele começou a dar uns passinhos na direção da parede. Ele estava arquitetando alguma coisa. Maltazard não o percebera, pois a idéia de ir para aquele novo mundo – que realmente não precisava dele para ir de mal a pior – deixara-o muito agitado.

Tomando cuidado para não levar Selenia com ele, mas mantendo a faca apontada para o pescoço da princesa, ele subiu em cima da placa que o propulsaria para a luneta e segurou a alavanca da ejeção com a mão livre, o que deixou Arthur preocupado. Ele tinha medo de que aquele louco executasse sua ameaça antes de deixar a sala.

Miro conseguira chegar aonde queria. Ele deslizara até a parede sem que ninguém o percebesse e colocara sua mão em cima do botão que comandava a pressão da ejeção. Ele o girou até o máximo: força dez.

– Até logo, pessoinhas, até o dia em que terei o prazer de esmagá-los! – despediu-se Maltazard, que sempre tinha uma palavra gentil nesses momentos.

Ele movimentou a mão em cima da faca. Tudo indicava que cortaria a garganta de sua vítima antes de partir, só para deixar sua assinatura em tinta vermelha.

Arthur ficou sem saber o que fazer, e Betamecha sabia ainda menos, mas Miro tinha uma idéia. Ele se lembrava do pequeno Maltazard, quando ele não era o monstro que nós conhecemos hoje. O menino era um péssimo aluno na escola. Em contrapartida, suas capacidades físicas eram impressionantes, e por isso os colegas o adulavam assim que entrava na quadra de esportes. Ele era centroavante no empurra-framboesa; atacante no passa-azeitona; melhor lançador no bate-caroço; e o corredor mais veloz em qualquer distância. No entanto, o esporte o entediava porque ele não tinha concorrentes. "Ganhar sem mérito é triunfar sem glória", lera certa vez no Grande Livro. Aliás, essa era a única frase que guardara na memória em todos aqueles longos anos de estudos.

Maltazard preferia mil vezes os jogos aos esportes, porque era a oportunidade que ele tinha de tentar derrotar intelectualmente alguém. Mas suas capacidades mentais não correspondiam às suas ambições e, como perder estava fora de questão, nem uma vez que fosse, Maltazard trapaceava alegremente o tempo todo, e em todos os tempos. Havia um jogo pelo qual ele tinha verdadeira adoração: o jogo do camaleão. Era uma brincadeira para criancinhas, mas, como não conhecera seus pais, Maltazard recuperava o tempo perdido com essas infantilidades. O jogo do camaleão era jogado com dois participantes. Eles ficavam um de frente para o outro. O primeiro jogador comandava o segundo, que fazia o papel do camaleão, ou seja, devia imitar tudo o que o primeiro fizesse. Por exemplo, se o primeiro jogador levantava a perna, o outro devia fazer o mesmo. O jogo 'camaleão-cara-a-cara' parecia uma minicorrida de obstáculos.

(Vocês verão como daqui a pouco esse detalhe a respeito da juventude de Maltazard será importante...)

– Adeus! – despediu-se Maltazard, como se estivesse representando o final do último ato de uma comédia.

No instante quando ele ia apertar o botão de partida e ao mesmo tempo a lâmina da faca no pescoço de Selenia, Miro gritou:

– Maltazard!

O horroroso parou e voltou-se para Miro.

– Caaa... maaa... leão! Cabeça! – cantarolou Miro, colocando imediatamente as mãos em cima da cabeça.

Com um gesto de reflexo totalmente inconsciente, Maltazard reagiu instintivamente ao chamado, colocou as duas mãos na cabeça e gritou de volta:

– Cabeça-feita!

Arthur foi mais esperto do que o gavião, mais rápido que o leopardo e, principalmente, mais inteligente que Maltazard. M. estava com as mãos para cima, e Selenia, livre do seu abraço. Arthur se jogou em cima da alavanca e ejetou Maltazard, que foi literalmente sugado pela luneta e desapareceu. Força dez! Supersônica! *Made in Miro*.

Maltazard desapareceu sem deixar nenhum vestígio. Exceto um, no pescoço de Selenia, que titubeou, mas Arthur segurou-a nos braços antes que ela caísse no chão. Miro aproximou-se correndo e examinou a ferida no pescoço. Não era nada sério, apenas um leve arranhão por causa da pressão prolongada da faca na pele delicada. Selenia recuperou os sentidos e finalmente sorriu para seu príncipe. Agora ela podia acariciar aquele rosto como vinha sonhando fazia tanto tempo.

– Estou tão feliz de ver você, meu belo Arthur – disse amorosamente.

Arthur, por sua vez, estava tão feliz de ouvir o som daquela voz que esqueceu de responder. Selenia levantou um pouco o corpo e apertou Arthur entre os braços.

– Quero ficar com você para sempre – sussurrou no ouvido dele.

O rosto de Arthur se ensombreceu um pouco:

– Mesmo que eu quisesse partir eu não poderia... nunca mais vou me separar de você – respondeu com uma mistura estranha de felicidade e tristeza na voz.

A luneta começou a tremer. Os matassalais olharam para ela como se fosse um vulcão despertando. Sem avisar nada, a fogueira apagou-se de repente sem a ajuda de ninguém, nem mesmo de um golpe de vento. Uma trovoada ecoou no céu de anil, mas não era uma tempestade. O som partira da luneta como um tiro. O chefe realmente vira passar algo que a luneta havia cuspido, mas tudo acontecera tão rápido que ele não conseguira ver o que era. Arquibaldo apareceu na porta, assustado.

— O que foi aquilo? Tiros? — perguntou bem alto para ser ouvido.

O chefe dos bogo-matassalai apontou o dedo indicador para a luneta, mas não conseguiu dar nenhuma outra explicação. Francis e sua mulher também apareceram na soleira da porta.

— Arquibaldo, venha para dentro! Eu ouvi um trovão. A chuva vai começar a cair logo e você vai acabar apanhando um resfriado — disse o genro gentilmente, passando um braço pelos ombros do sogro.

Arquibaldo bem que gostaria de chamá-lo de burro tagarela e apontar para aquele céu tão azul, mas aí teria de explicar a verdadeira origem do barulho do trovão, e ele não tinha certeza se isso seria uma boa idéia.

— Você tem toda razão, meu bom Francis! Vamos entrar. Você me ajudará a acender a lareira — respondeu o avô de Arthur para evitar qualquer problema.

Enquanto isso, o sol alcançara o pé da luneta e subia inexoravelmente ao longo da coluna. O terror era visível no rosto dos guerreiros, mas a dignidade impedia-os de manifestá-lo fisicamente. Eles gostariam de gritar, berrar, sair correndo em todas as direções, encontrar uma solução, mas não lhes restava outra coisa a fazer a não ser aceitar os caprichos da Roda da Vida, que decidira a seqüência dos acontecimentos dessa forma. O raio de sol alcançou a parte mais estreita da luneta e deu um fim definitivo ao raio da décima lua.

Arthur era agora prisioneiro de seu próprio corpo, prisioneiro da terra para sempre. Ele certamente achava que pagara muito caro por sua desobediência.

Na juventude, Maltazard também passara pela prova da natureza. Era uma exigência tanto do Grande Conselho dos Minimoys como do Conselho dos Matassalais. Ele completara as provas em tempo recorde e causara tamanha admiração que seu nome foi inscrito em uma folha de palmeira e incluído no Livro dos Recordes. O salto final fora o que mais chamara a atenção, porque Maltazard ficara planando como um pássaro durante muito tempo.

Mas tudo isso não era nada comparado ao salto quase espacial que acabara de realizar antes de inchar como um balão. Quando Miro empurrou a alavanca até o máximo, ele projetou M. a mais de três quilômetros da aldeia. Maltazard tinha medo de altura. Ele não parara de gritar durante todo o trajeto. Embora sua condição de 'divindade auto-intitulada' o impedisse de confessar, ele também sofria de vertigem. As raras pessoas que o haviam visto entrar em pânico diante do vazio e chamar pela mãe (mesmo que ele nem a tivesse conhecido) não estavam mais aqui para contar a história. Cada vez que isso acontecera, Maltazard os degolara com as próprias mãos, com a acusação de terem insultado Vossa Grandeza.

Ele nem conseguiu admirar a paisagem durante o vôo, pois manteve os olhos fechados todo o tempo. Quem já viu, pela televisão, o pouso de um satélite no deserto de Gobi não terá nenhuma dificuldade para imaginar a aterrissagem de Maltazard. Ele caiu em cima da única pedra que havia na clareira, sofrendo um impacto seco e violento.

M. levantou-se com alguma dificuldade e recolocou no lugar todos os membros do corpo que haviam tido a péssima idéia de deslocar-se. Na sua frente estendia-se uma bela clareira. À esquerda havia um lago e um salgueiro que parecia sorver sua água há cem anos, e, à direita, uma floresta de carvalhos. Não deixava de ser bonito, mas era parecido demais com o reino das Sete Terras. Maior, é claro. Maltazard ficou um pouco decepcionado.

– Uma viagem tão demorada para chegar ao mesmo tipo de lugar? – reclamou o mestre meio desapontado, enquanto examinava os arredores.

Um raio de sol que brincava de esconde-esconde entre as árvores cegou seus olhos violentamente.

– E que luz horrorosa é essa? – queixou-se, sempre em voz alta, muito incomodado pela luminosidade.

Uma sombra tirou-o do incômodo. Uma sombra gigantesca, com as garras apontadas para frente. Maltazard cobriu os olhos com a mão em viseira e viu um animal monstruoso. Era um broncóptero de chifre. Um animal dos mais ferozes.

E aquele, precisamente, era o mais feroz de todos: era o chefe do clã. Os broncópteros tinham duas particularidades: uma força incrível e uma memória equivalente a essa força. Portanto, não precisamos explicar que o animal lembrava-se perfeitamente de todos os seus ancestrais que haviam vivido na Sexta Terra antes que Maltazard queimasse tudo – não só a terra mas também todos os broncópteros. Isso explicava por que Maltazard estava petrificado de terror diante daquele animal, que começava a ficar vermelho de uma raiva milenar.

– Você não gostaria de trocar umas idéias? – balbuciou o coitado do M., usando um argumento antigo de vendedor de sopas.

Mas o animal não queria comprar nem vender nada. O que ele queria era fechar suas garras em Maltazard. E M., o Maldito, realmente foi agarrado como um cabelo por uma pinça de sobrancelhas. Ele, que sonhava com grandeza, com um cantinho tranqüilo para invadir como bem quisesse, ele ia morrer como uma pobre mosca, despedaçado por aquele brutamontes gigantesco de broncóptero. Maltazard nunca soube se foi por causa do medo, ou de outra coisa, mas ele começou a tremer dos pés à cabeça. Intrigado com aquele fenômeno, o inseto ficou imóvel. E não era por medo, era por causa de algo completamente diferente: de repente Maltazard começara a crescer. Muito espantado, o inseto apressou-se em colocar sua presa dentro da boca, mas o acepipe já era grande demais. Maltazard crescia com a velocidade de um avião a jato, e logo a pinça do broncóptero segurava apenas um pedacinho de tecido da manga de M.

Agora o Senhor das Tênebras media dois metros e quarenta e observava seu novo reino com muito mais prazer. Ele pegou o inseto entre os dedos e olhou com desprezo para aquele sujeito infeliz.

– Já é hora de você se juntar aos seus ancestrais – disse e engoliu-o inteirinho, sem perder tempo para mastigá-lo.

Na clareira não se ouvia nem um som. As vibrações eram tão negativas que todos os animais haviam parado onde estavam. Maltazard examinou atentamente os arredores e viu todos aqueles olhinhos petrificados de medo que o observavam. Os coelhos estavam na entrada de suas tocas, os pássaros se esconderam debaixo das folhas, os esquilos ficaram atrás dos galhos mais altos. Todo aquele mundinho sabia que a Era do Caos começara naquele instante. Maltazard olhou para seus súditos como uma bomba olha para a cidade antes de cair em cima dela.

M., o Maldito, começou a rir sem parar. Um riso tonitruante que invadiu a floresta, atravessou as planícies e deslizou como um eco por cima de todas as colinas das cercanias.

Arquibaldo ficou arrepiado. Ele reconheceria aquela risada entre mil. Do fundo da prisão, ele a ouvira ressoar muitas vezes. Os guerreiros bogo-matassalais também haviam entendido a mensagem anunciada por aquela gargalhada e não puderam fazer outra coisa senão fechar os olhos e começar uma longa oração.

Maltazard media dois metros e quarenta, e não havia ninguém que estivesse à sua altura, nem alguém capaz de resistir a ele. Infelizmente, para a humanidade, o único que seria capaz de enfrentá-lo media agora apenas dois milímetros.

1ª **edição** Abril de 2007 | **Diagramação** Pólen Editorial
Fonte Agaramond 12/17 | **Papel** Pólen Soft
Impressão e acabamento Yangraf